U0502995

张晓亮／著

酱酒的思想

郑州大学出版社

图书在版编目（CIP）数据

酱酒的思想／张晓亮著. — 郑州：郑州大学出版社， 2021.8
ISBN 978-7-5645-8036-0

Ⅰ. ①酱… Ⅱ. ①张… Ⅲ. ①纪实文学 – 中国 – 当代②诗集 – 中国 – 当代 Ⅳ. ①I217.2

中国版本图书馆 CIP 数据核字（2021）第 141166 号

酱酒的思想
JIANGJIU DE SIXIANG

策划编辑	李勇军	封面设计	孙文恒	
责任编辑	孙精精	版式设计	孙文恒	
责任校对	暴晓楠	责任监制	凌 青	李瑞卿

出版发行	郑州大学出版社有限公司（http://www.zzup.cn）
地　　址	郑州市大学路40号　（450052）
出 版 人	孙保营
发行电话	0371-66966070
经　　销	全国新华书店
印　　刷	河南瑞之光印刷股份有限公司
开　　本	890 mm × 1 240 mm　1 / 32
印　　张	7.75
彩　　页	4
字　　数	153千字
版　　次	2021年8月第1版
印　　次	2021年8月第1次印刷

书　　号	ISBN 978-7-5645-8036-0	定　　价	56.00元

本书如有印装质量问题，请与本社联系调换。

中国酒文化城中的李兴发雕像

全国人大代表、中国作协副主席、著名作家贾平凹为本书题词

上海交通大学教授、《百家讲坛》主讲人高有鹏为本书题词父亲退休之后，把他的一生做了总结，反复分析、勾调，终把千年贵州思想台定型，可以说贵州思想台是他一生智慧的结晶。

李明英

贵州思想台，又称为发思想台，是父亲酱酒思想一生的总结和高峰。

李明英

李兴发女儿、国家一级品酒师李明英为本书题词

4

贵州思想 臺

醬香之源

醬酒靈魂

辛丑年六月肖红书

著名设计师肖红为本书题词

思想台
健康源

张磊题

"国医大师"张磊为本书题词

人間台柜

中国美术馆馆长、中国美术家协会副主席吴为山为本书题词

"为党办事，忠心耿耿！"

——忆师父李兴发

吕云怀

作为大师李兴发的徒弟，常常有人请我用一句话总结恩师李兴发的一生。"为党办事，忠心耿耿！"这句话常在我的心间，便脱口而出。

中国"酱香之父"、茅台老厂长……这些荣耀的标签是他一生功劳的勋章。追根究底，师父一生就是遵循"为党办事，忠心耿耿"的信念，保持了他崇高的品格，并为茅台作出了卓越的贡献。

1975年我进入茅台，那个时期，正是师父李兴发担任茅台副厂长主管生产技术的时期。我和大家一样，对这个性格刚直、技术精湛、平易近人的厂长，心中自然生出崇拜之情，工作作风和为人处世在潜移默化中也被李兴发厂长那股"正气之风"影响颇多。

到 90 年代初期，也是我担起茅台副厂长担子的初期。茅台酒厂高层领导颇有栽培青年人的意向，于是我有幸被安排为李兴发的结对弟子。当时老厂长李兴发在茅台已然是"宝贝"一样的人物，他身怀超群的酿酒、勾酒技艺，是茅台一定要保护和传承下去的。于是，名正言顺地，我接触他的机会也多了起来。

"茅台有个人还算有点'职务'，但我发觉他还是没有沉下心去做酒，这人要跟我学做酒，我不收！"这是师父李兴发曾经"孩子气"一样抱怨过我的话。这样的机缘到了今日想起，我还是觉得有些"得意"——我是师父唯一"公家盖章"的弟子。

在贵州这里，尊师重教的传统历史悠久。师父喜欢徒弟，徒弟喜欢师父，这是一个双向选择的过程。我那时候当然是欣然拜师的，我想师父也是乐意接收我这个徒弟的。一方面他听党的话，收徒传艺，义不容辞。另一方面，他至少认为我是可塑之才，否则，以他当时的资历，完全可以拒绝收我。这真是一种难得的缘分哪！

在跟着师父李兴发"学艺"的那段岁月，我和他一样，整天就是泡在酒库里。他的言语不多，大部分时候是带我在身边，我看他钻研，看他痴迷，看他犯愁，看他手舞足蹈。那时候他年事已高，名誉也高，但是很多事情依然亲力亲为，全情投入。茅台人对茅台酒厂"以厂为家"的感情，在这个阶段我有了真正深刻的体验。总之，我收获颇多。

当然，在师父李兴发身上，也有我怎么学也学不来的东西。

我最佩服师父的好记性，和他近乎"神秘"的创新精神。在他的脑海中，酒的世界自有一个独立的体系。解码这个体系的符号，都是他自创的，所以我常常不能一下子就看懂他记的笔记。到了晚年，他依然是头脑清醒过人，并保持爱记账的好习惯，当然还是"一页纸或者半页纸的内容，大有乾坤，包罗万象"。

后来，关于"怎么学也学不来的"，我也终于释然了。我想，我不必从师父那里学一套公式，他也无意教我公式。勾酒永远都不能列出一个精确的公式，尤其是在当时，不同年份的酒，不同轮次的酒，本身就没有比较稳定的品质，如何去勾兑，这个比例非常微妙。按照公式勾兑，从来都不能成功平衡，只有凭借千万次练习出来的经验和个人的悟性，才能到达理想的境界。

如今，说来惭愧。像我的师父李兴发这样的大师寥寥无几，我也成了大师了。

在茅台学院 [由中国贵州茅台酒厂（集团）有限责任公司举办，

3

经教育部批准设置的非营利性全日制应用型普通本科高校]门户
网站，可以查到我的简历："吕云怀，中国贵州茅台酒店（集团）
有限责任公司党委委员、董事、副总经理兼总工程师，中国酿酒
大师，高级工程师，国家级评酒师……"头衔真多，我自己都嫌
多了！

其实，我更爱实际一点的介绍："长期从事茅台酿造技术、
科研、生产、质检及管理工作，把现代酿造技术与茅台酒的传统
工艺相结合，使茅台酒生产操作进一步规范化、标准化……亲自
主持和参与企业科技发展长远规划和计划、技改方案的制订以及
新产品的研制开发工作。"这些讲得更贴切一些，得到这样的评价，
我才觉得作为师父李兴发的弟子，心中无愧。如今我回望自己的
这些名誉，更多的是对前辈的感激。

徒弟和师父的关系，不是父子，胜似父子。作为徒弟，我到
任何时候都会捍卫师父一生的信仰。

"酒少一点没关系，一定要好一点。"师父晚年多次嘱咐我。
1995年左右，我已经在茅台主管厂里事务，在一次和师父的见面中，
他照例见面就问："今年重点抓什么？"我回答："现在精力转
到制大曲上。"（这是当时大家经过激烈的"斗争"最终决定在
酒的工艺和品质上继续坚守的"勇敢作为"。）没想到，他听完

激动地竖起大拇指："这个就是我要说的！以前酒的工艺研究不透，现在找到一点路线，要多去看，多去听，要钻研！"

可见，当时退居二线在家的他，对于茅台的牵挂依然深重，他对酒品质的追求是如此执着。他对茅台工艺的继承和创新提出了许多有价值的建议，这是大家有目共睹的。

那时候，每次见到师父，我心里都倍感亲切，同时也常常带着忐忑。因为师父对徒弟要求是非常严格的，近乎苛刻的程度，这跟他对酒的品质的追求，对晚辈工作态度的监督，对真理的不懈追求均有直接关系。

尤其是他还在世的最后几年，每次见面永远躲不过他的例行"拷问"："下来一年，茅台准备怎么做？重点抓什么？"当年哪里做得好，哪里不好，他都会严肃认真点评一番。他在酒上的真知灼见永远都散发着光亮，照耀我们继续前行。

师父这一生可谓是"一辈子专业做酒"。不少人会找我去品尝酒，我真的觉得好就是好，不好我会指出来。

我始终牢记师父的刚直，我是师父李兴发的弟子，我绝不损坏师父的名声，他们请我指导，我就一定要讲"先做品质，再做品位"这句话给他们听。

这些年，我也带了一些弟子。我这里依然没有"公式"传授给他们，他们从我这里传下去的，就是师父李兴发曾经给我的这些教诲。

"要懂酒，爱酒，再去做酒。"

"一定要认真，踏踏实实地做酒。"

"不要浮躁，坚持做好酒，追求品质，无论遇到什么困难，还是要坚持品质，茅台走到今天的高峰，靠的就是这个。"

…………

对于师父的记忆，一篇文章说不尽。他留下来的思想财富，在你翻开的这本书里，会有更详细的说明。

一生忠于茅台的人

——我的父亲、我的老师李兴发

李明英

在 20 世纪的茅台酒厂一间低矮的房间里，有这么一个人，终年在此"修行"并且自得其乐。只见他时而舌头舔前腭，时而频频咂着嘴唇，时而闭目沉思，时而抬头凝望屋顶，时而摇头晃脑，时而用指头点着桌子，时而举杯齐眉久久端详着酒的颜色反复闻酒香……一会儿面带微笑，蓦地又双眉紧锁，完全沉浸在一种奇妙的境界里。就这样，一晃就是半个世纪的光阴，这个人从一个满脑袋问题的青春小伙儿变成了智慧满囊的老人。

这个人就是我的父亲、我的老师一代宗师李兴发——国酒茅台著名的"勾兑大师""中国酱香型白酒之父""中国白酒勾兑的奠基人"。

父亲成名时，是在 1965 年左右，那时我还没有出生。

不过打我记事起，就听说，那是 1964 年，父亲带领一个科研小组在其师父老厂长郑义兴的指导下，夜以继日地从勾兑入手，探索茅台酒品质风格的规律。

作为中国国酒的茅台，从地方要员到一般工人，都急切地想把茅台酒质量搞上去。

我的父亲做到了！

他是如何做到的？他把从酒库收集来的 200 多种不同轮次、不同酒龄、不同味觉的样品进行千百次品尝，进行标准酒样分析，不同酒龄酒样分析，勾兑典型体酒样分析及勾成后的变化测定等大量的工作。他白天收集样品，晚上闭门品评，通常一天要品尝 50 多个酒样。从生产车间到酒库，他几乎成天泡在厂里，一只大手上吊着数个小酒杯，装了不同年份、不同轮次的茅台酒，勾兑、品尝，再勾兑、再品尝，并记录在一个随身携带的笔记本上。

母亲说，那些年她心里甚至也有抱怨，因为父亲总是"好好一个人，为了工作，命都不要咯"。

那些年，父亲天天泡在酒窖里，研究不同生产房、不同年份、不同轮次的酒在贮存过程中酒质的变化和勾兑的基本规律。父亲解释过，酱香酒跟植物、动物是一样的，好像是时刻在成长变化的生命，对它们的研究每天都有新变化，所以工作是忙不完的。也是因为这样，父亲经常是必须在深夜两三点起床，因为酒勾兑之后放置的时间到了。至于说为什么不安排在白天工作？照父亲那个"拼搏"的性格，他做工作简直是一刻都不能耽搁。

他终于做到了。在茅台，乃至在中国白酒行业，他是一个里程碑式的人物。他成功地划分了茅台酒香型的三种典型体——酱香、窖底香和醇甜，并将茅台酒命名为酱香型。

这样一位终日繁忙、拼命工作的人，却很意外地给了我们很多童年的陪伴。

从很小的时候开始，我心目中的父亲就已经是"超能"的高大形象了。如今我和我的亲姐妹们在一起叙旧，大家总是忍不住怀念儿时的美好时光，尤其是每天清晨，父亲会亲自叫我们起床，为我们准备好可口的早餐，他是那么和蔼亲切。现在想起来我真是心疼，那时他一定是刚刚忙完通宵的工作。

等我再长大一些，到 15 岁左右，不知不觉中我和父亲的父女关系转换成了"师徒"，他成了我的勾兑老师。

酱酒的思想

1984年，我进入茅台酒厂的附属酒厂"劳服司"上班，具体工作就是勾兑酒。每次勾兑出的酒样，我都要带一点回去，请父亲给予指导。其间，父亲带我去遵义，途中，洪泽湖酒厂、枫榕窖酒厂请父亲做指导，我随行"偷师"。就这样，所谓"近水楼台先得月"，我不敢说父亲勾酒的技术只有我最得"真传"，但是父亲对我的影响和教导真的是太大了。

因为我在茅台勾酒，父亲给我做了一个勾酒杯，是用瓶子内盖做的，小巧而精确。用这个"袖珍杯"，我努力继承父亲的遗志，把技术学好，把酒勾好。虽然父亲很早就有了"功名"，但是我们的生活水平只是一般水平。父亲乐善好施，却从来不收别人送来的"好处"。他留给我的就只有一个小小的酒杯，但是我明白，这个小小的酒杯承载着一笔多么丰厚的精神财富。

这笔精神财富中，让我最受用的就是他那乐善好施的品格，和忠诚于茅台、忠诚于国家的崇高情怀。

为使茅台酒勾兑事业后继有人，父亲重视培养人才，为茅台酒厂培养了一批又一批的酿酒、勾兑技术人才。父亲总是用那诲人不倦的爱，悉心教导他的弟子们。当看到他们用精湛的工艺支撑起茅台酒这座大厦时，他所有的付出都得到了最好的回报。如今，他们已经成为酿造茅台的顶梁柱。

他不求功利，一生大半辈子一间茅草屋就住了，却安然自得。在那生活很艰苦的年月里，父亲在政策允许的条件下，不管去地方国营酒厂，或是哪家私营酒厂，抑或是大集体酒厂进行勾兑技术指导，不但从没有收过他们一分钱，而且还无私地给他们进行勾兑技术指导，挽回了地方酒业不少经济损失。他乐善好施的习惯，还在生活中展露无遗，附近乡邻，包括厂里同志，谁有需要，父亲都会倾力帮助。

父亲亦极其爱惜自己的名誉。因为忠于茅台酒，挚爱茅台酒，他不为厚禄高薪所诱惑。还记得那是1983年，某大酒厂厂长亲自来我们家，请父亲到他们酒厂，每月最少开出5000元工资。那个年代，这个薪资简直就是"天价"，当时茅台酒厂的邹开良书记也只是几百元工资。还有更诱人的"福利"，即子女长大成人后保进该酒厂上班。谁知，父亲听了立即回绝。为了这事，当时家人都感到非常可惜。后来父亲解释道，茅台酒是他们这一辈人呕心沥血建立起来的，也是茅台成就了他，要对茅台忠诚，要对国家忠诚！

这就是我的父亲、我的老师李兴发。

前　言

　　李兴发是谁？李兴发是举世公认的"酱香之父"，是中国 20 世纪最重要的酒师之一，是国酒茅台人口中的"老厂长"，同时也是将酱酒贵州思想台定型的人。

　　由于他在 1965 年发现并命名了茅台酒的"酱香、窖底香、醇甜"三种典型体，这一白酒历史上里程碑式的突破，被称为"酿造史上破天荒的创举"，"在白酒史上开辟了新的领域"，对茅台酒的勾兑标准和质量保证作出了重要贡献。几十年来，不少人对李兴发以及他的勾兑技术体系的研究几乎都与茅台紧密相连。然而，李兴发不仅是属于茅台的，也是属于整个中国的。从民国时期到新中国成立，再到改革开放，如今走入新时代，从李兴发的一生尤其是他在茅台工作的时期，以及李兴发儿女、徒弟如今的作为，我们可以看到中国白酒酿造业的沉浮变化，也可以看到中国历史的变化。在李兴发出生的1930年后20年时间里，茅台前身成义、荣和、恒兴等几家酒坊名声最响亮，庄稼人对酒坊工作充满向往，循着这一向往李兴发走入酒坊；到1952年"三茅合并"，酒师李兴发随酒坊并入茅台，拜师郑义兴，四年后任茅台副厂长主抓生产。1970年，山西汾酒一度拥有"汾老大"的江湖地位，至2000年年初，以泸州老窖、五粮液、剑南春为代表的川派浓香型"一统天下"。在此期间，李兴发在茅台蛰伏，茅台在中国白酒市场蛰伏，默默几十年钻研，专注白酒口感与品质的拔升。2000年，一代宗师李兴发辞世。一年后，茅台挂牌上市。接下来的时间，适时的资本助推，茅台从曲高和寡到站在行业风口，酱酒大踏步进入黄金时代。人们追思李兴发大师，追思他炉火纯青的、天才的、超群的酱酒勾兑技艺，更多地在追思他高尚的人格、睿智的人生哲学，追思一代宗师的酱酒思想。

李兴发将一生心血毫无保留地贡献给了茅台，从某种意义上说，李兴发思想就是酱酒思想，酱酒思想就是茅台思想。

2020年后，酱酒市场呈现"井喷"式爆发。正是这一契机，笔者有幸来到李兴发家人身边，走近大师。在众多记录茅台厂的书中，李兴发主要是作为"技术带头人""老厂长""老酒师"的身份出现，而在这本书里，主要内容是李兴发的几个女儿、女婿、弟弟这些他生前接触最多、最重要的家人，以及他的徒弟等人的真情讲述。很感谢他们能够在敬重和缅怀大师的前提下，直言不讳地分享与大师相处的点滴，让我们不仅了解到茅台厂的老厂长李兴发，也读到父亲李兴发、师父李兴发，彻彻底底重温李兴发思想……

在这本书中，还有一个值得我们关注的地方，那就是贵州思想台。"贵州思想台，又称兴发思想台，是父亲酱酒思想一生的总结和高峰。"李兴发的女儿李明英曾表示，"父亲退休后，把他的一生做了总结，反复分析，勾调，终把千年贵州思想台定型，可以说贵州思想台是他一生智慧的结晶。"

从这个意义上说，贵州思想台也是本书的切入点。我们从"酱香之父"李兴发一生的轨迹，去剖析思想的力量。从这个意义上说，借由以李兴发为代表的"茅台大师""酒工酒匠"，理解思想对于社会生活的巨大作用，进而让每一个读者从这种追思中找到可以启迪自己、壮大自己、提升自己的力量。

目　录

1

目 录

目　录

上篇

"酱香之父"李兴发

第一章　思想是想念、怀念

思想是什么？思想是想念、怀念。2020年，当我们重新回忆离世20年的李兴发大师，这位在茅台厂乃至整个贵州怀仁响当当的人物，在茅台历史乃至整个中国白酒历史舞台上浓墨重彩的人物时，会发现他人生轨迹中的那些波折和坎坷让人有些许惊奇却又是合情合理。让我们一同走进一代酱酒宗师那被酒香浸润的童年。

初尝茅台酒：
这不是正宗的茅台酒

1930年，李兴发出生在仁怀市三百梯村一个农民家庭。李兴发本为令狐家族后裔，在四兄妹中排行老二。那时，满目疮痍的旧中国，积贫积弱，民不聊生。他所在的家庭也和天下劳苦大众一样，家境十分贫寒，衣不蔽体，食不果腹。贫苦令人早谙世事，于是他对儿时的记忆尤其清晰和深刻。尤其是在因贫苦匮乏生活显得"光秃秃"的记忆中，货郎挑着酒担子路过家门讨水喝的事情，显得尤其难忘，也成为生活在清苦、乏味、闭塞的大山里的孩子闪着光彩的记忆。

在20世纪80年代，贵州作家何士光《在神秘的茅台》这本书中，生动地述说了李兴发儿时呷到第一口"茅酒"的经历。那是一个烈日炎炎的中午，三官庙王泽生的长工从茅台街上背酒回家，在三百梯垭口歇气找凉水喝。母亲把从二三里外挑回来的水拿给这位汗流浃背气喘吁吁的长工，让他喝个痛快。长工知恩图报，拉开堵酒用的猪尿脬酒桶塞子，舀出半瓢酒劝母亲品尝。山里人尤其是山里的女人，对酒是陌生的。母亲摇摇头，一个劲儿地道谢，但不愿喝。父亲和哥哥都不在家，十岁的李兴发勇敢地搓了搓沾满泥土的小手，走上前接过了酒。将酒放在嘴边，呷了一口，咂咂嘴唇，还没品出这酒的味道；又呷了一口，这酒往鼻孔一冲，又辣乎乎往喉咙里直窜。肚子里顿时也有一股火辣辣的气息往上冲，是甜，是辣，是酸还是苦一时难以分辨。李兴发涨红着小脸，听长工说道："这是王掌柜、王老板家煮的茅酒，贵着哪，谁也不能轻易尝到的啊。"李兴发望着长工消失在山梁那边，而他被这茅酒引发的热气久久没有消散。

这是他生命中第一次接触到酒，第一次听到茅酒这个名字，李兴发后来对别人说，这第一次尝到的茅台酒是辣的，还有些烧喉咙。"不是正宗的茅台酒"，这样直截了当的评价，竟成为若干年后他常常挂在嘴边的话语。在他这一关，都要被拦住，他像一个严格的守门人，严把着茅台酒的质量关。

"不是正宗的茅台酒"，这是一种难能可贵的直爽。从孩童时期保留下来的直言不讳，令李兴发一生对于茅台酒的品质都有着严肃而近乎苛刻的要求。他一生都循着直率敢言和实事求是的单纯思想，坚持不懈地钻研、探索酒的奥秘，得以不断进步，最终大功告成。

与酒结缘：
被过继到茅台镇

宝剑锋从磨砺出，梅花香自苦寒来。深刻的思想，崇高的信念，一定是经由了生活无情地捶打和历练。李兴发不断地给儿女讲过去的生活，一定是想要孩子们懂得，要想拥有珍贵品质或美好才华等，是需要不断地努力、修炼，克服一定的困难才能达到的。他已经用自己的实际行动证明了这一真理，这个真理也真正成为李兴发酱酒思想的一部分。

8岁时，李兴发就被姨妈家抱养过房，改姓李，取名为李兴发。姨妈家在茅台镇上，那里有"酒香一条街"。在这里，李兴发彻底与"酒"结缘。

贫苦的环境除了能够很好地磨练李兴发的意志，其他似乎给不了他任何好处。他吃不饱饭，不能享受无忧无虑的童年，不能上学——李兴发的姨妈家家境也不富裕，不能供他上学。

稍大一点儿，他就开始给别人卖米面、馒头和麻糖。11岁，他到茅台镇上的那条赤水河里帮人放筏子。年少的李兴发尽管吃不消这些大人干的活儿，但为了生存，也得冒险去帮工。12岁，他便进了镇上王家酿酒作坊当童工，每天要下到窖池里背糟，下到赤水河边挑水，大热天传火蒸馏酒，热得满头大汗，一天累下来，精疲力竭。

以前村上有私塾，那是富裕人家子弟的学堂。小李兴发特别想读书，就经常跑去学堂教室外偷听老师讲课，收获了人生第一笔滋养。到了茅台镇，李兴发依然没有上学的机会，可是他多么渴望学到更多的文化知识啊。为此，李兴发晚上还得争分夺秒地在桐油灯下自学打算盘、识字和写字，不断地学会了一些常用的字，并把它们运用到酿酒工艺环节的记录上来。这也是他一生读书钻研，不断试验，记笔记，自己总结经验，反复练习，自我学习的发端。这一生的好习惯，很大程度上帮助他在茅台酒厂实现了一生伟大的成就。

李兴发早期接触酒的经验，除此之外，还有距离他家不远的一家茅台镇的老酒厂。那个时候，除了华茅、王茅和赖茅（茅台酒厂三家前身）之外，还有这么一家最正宗的酒厂，即思想台酒厂。这家酒厂规模虽然不及前三家，但是酒师任军的技艺非常高超，在当地享有很高的名望。据酒师任军回忆，他对李兴发的印象尤其深刻，李兴发戴了一副眼镜，镜片厚厚的，近视得厉害，这在当时，在黔北小镇，是真正的"稀罕物"。

思想台这个名字，真是形象地道出了酒的思想和来源。查阅现有史料发现，酱酒的起源应该可以追溯到汉武帝时期。《史记》记载："建元六年，大行王恢击东越，东越杀王郢以报。恢因兵威使番阳令唐蒙风指晓南越。南越食蒙蜀枸酱，蒙问所从来，曰：'道西北牂柯，牂柯江广数里，出番禺城下。'蒙归至长安，问蜀贾人，贾人曰：'独蜀出枸酱，多持窃出市夜郎。夜郎者，临牂柯江，江广百余步，足以行船。南越以财物役属夜郎，西至同师，然亦不能臣使也。'"其中的"枸酱"就是酱酒的雏形。

正是这些奇迹般的早期机遇和萌芽，成为接连不断的启迪，一个又一个想法相互碰撞，最终激发了李兴发的灵感。结合他后来在茅台工作的经历，他一生奉献茅台的热情倾注，加上中国历史早已存在的酱酒文化背景的加持，李兴发成功奠定了贵州思想台的口感与质量。千百年来，赤水河两岸的酱酒厂，都是在思想台的教化与引导下规范与壮大的。从这个意义上看，茅台是李兴发的工作，是他一生的成就，而贵州思想台，则是他灵感的来源，是他思想的高峰。

在他朴素的经验里，一粒高粱如果不经历无数次的高温炙烤，不经历高湿的煎熬，不经历几年甚至数十年漫长时间的考验，就无法以不同寻常的方式改变自己，实现升华，而散发出别样的风味，成就珍贵的酱香美酒。这种自然品质是何其打动人心啊！

今天，人们追思李兴发酱酒思想，因为人人都需要李兴发酱酒思想，在中国经济结构性调整的时代大背景下，像一粒粮食一样卑微渺小的"我们"，是愿意被仅仅当作果腹的粮食，还是愿意选择改变自己的命运，经过发酵、转化、蒸馏，耐住寂寞去窖藏自己，变成一坛好酒？人们需要李兴发酱酒思想的帮助，去揭开浮华背后的重重迷雾，找到完成自我升华的道理。

苦难童年飘来的一抹酒香

2020年，笔者又一次走在茅台酒厂区，感受茅台美酒这玄秘而名贵的山川精华、人间精酿是如何将人和树及穿行而过的车流，统统笼罩在它的芬芳中的。大约在80年前，过继到茅台镇的李兴发，每天走在这条酒香氤氲的街道上，就算是与茅台酒结缘了。然而，当年他与茅台酒缘分注定下来，则是一次偶然机会。

当时，茅台酒的烧坊有三家，"荣和"烧坊是三官楼王家的，"成义"烧坊是贵阳华家的，"恒兴"烧坊是贵阳赖家的，均属于私人酒坊，茅台酒不是平常百姓家喝得起的。姨爹，这时是李兴发的父亲了，开的这间栈房，刚好就在思想台酒坊旁边。少年的李兴发一出门，就看见酒坊乌黑的瓦檐，静静地坐落在河滩旁。虽近在咫尺，可离李兴发却又那样遥远。他也曾经给酒坊做临时工，挑水晒酒曲，或者到街上为酒坊买些零碎的东西。逢到这种时候，他就高高兴兴地跑腿，远远地徘徊在酒坊的外围，流连在茅台酒的身边。

一日，小街失火了……失火的不是别家，正是"成义"酒坊。失火过后的烧酒酒坊一片狼藉，到处是残破的瓦砾。当日，酒香弥漫四周，瓦片上还有不少残留的酒液。这是李兴发第二次尝到茅台酒。随后，他决定正式进入酒坊学艺。

　　非要说这是什么神奇的定数未免牵强。在当时，进入酒坊工作就好比如今茅台镇乃至怀仁市当地人进入茅台酒厂工作一样，是一份体面的工作，是许多人的向往。由于两次尝到茅台酒，或许就成为李兴发作为普普通通一个青年后生追求更好生活的契机，致使他进入酒坊工作。他想要依靠年轻的臂膀，扭转贫苦的命运。功夫不负有心人，到22岁那年，李兴发已经成为酒坊中较为成熟的酒师。虽然距离老酒师郑义兴还有很大的差距，但是李兴发不必着急，毕竟他还年轻，还有很长的岁月要慢慢走。幸运的是，茅台镇这个地方，对于年轻的李兴发来说，真是一片广阔天地，大有可为。

茅台镇悠久的产酒历史

　　家乡是酒乡，这注定也是一种冥冥之中的安排。李兴发一心想要进入酒坊工作的20世纪40年代，此时的茅台镇是贵州四大口岸之一，是川盐、滇铜、黔铅进出贵州的必经之地。

　　河运的兴起带动了茅台镇酒业的兴旺发展。家境富裕的商人从外地请来酿酒师，就近取河水与当地特产的红缨子高粱进行酿造，把酿好的酒放置于老陶罐里，一存好几年。彼时，开坛满屋飘香，舀出少许，据年份勾兑调制，这便是酱香型酒工艺之雏形。这也正是茅台镇成义烧坊、荣和烧坊兴盛发达的时期。据资料记载，1944 年成义烧坊遭遇火灾前有窖坑 18 个，年产 21 000 公斤的酒；1947 年恒兴烧坊年产酒量达 32 500 公斤左右。

清《遵义府志》所载，道光年间，"茅台烧房不下二十家，所费山粮不下二万石"。1915 年，贵州省将茅台镇的"成义""荣和"两家作坊的样酒以茅台酒名义参加美国旧金山举办的巴拿马万国博览会展，一举夺得金奖。

当年，茅台镇上一条由三合土夹杂石子的七八尺宽小街，沿着赤水河自东向西延伸着。右边依山而建的瓦房、茅草房错落有致，左边傍水而依的小码头、客栈掺杂其间。整个茅台镇都听得见船工拉纤的号子声，和炊烟一起飘荡在空气中的还有浓浓的酒香。

时光流转至今，清朝川盐入黔的主要口岸，如今已经演变为世界酱酒核心产区，蜿蜒的赤水河所诞生的酱酒传奇依然延续。如今走在茅台镇街道，房子更高更漂亮，来往行人更密集，车流更繁忙，赤水河依旧蜿蜒流淌，空气中酒香依旧扑鼻芳香。

只是如今这股酒香已经被当地人、被从四面八方闻香而来的客人，约定俗成、默契相投地共同称为"酱香"。将"酱香"二字大胆喊出口的李兴发，成长于这个酒香芬芳的小镇，即便艰苦，但也是有着几分幸运的。

赤水河：中国人的美酒河

据李兴发子女回忆，父亲李兴发每次讲述记忆中的童年，永远都绕着一条河讲起，这条河就是如今被称为"中国人的美酒河"——茅台镇的赤水河。

思想不能凭空产生。在无数次回溯往事时，李兴发脑海中的一切奥妙和感悟，都来源于徐徐铺开的贵州美景。一幅幅美景，一定是由这条赤水河延伸开来。据资料，赤水河发源于云南东北部镇雄县，一路穿越深山峡谷，向东流经贵州的毕节、大方两地后，到达仁怀的茅台镇。唯独在仁怀的茅台镇这段深山河谷中，馥郁的酒香在河谷中弥散开来，那是一种奇特的香味——酱香。

从印度洋漂移过来的水汽笼罩在云贵高原，在冬天来临的三四个月里，这里少见阳光，云蒸雾霭，细雨霏霏。无论在小镇的哪个角落都弥散着一种奇怪的味道——微酸，有一点像酱菜挥发、含着甜味、略带焦煳，但又复杂得难以描述。这就是酒糟散发出的浓重的"酱香"，常年不息。

世界三大蒸馏酒之一的茅台酒只产自这里，它也是中国酱香型白酒的核心产区。独特的气候、土壤、水质以及微生物菌种群形成了这个神奇区域，它如活化石般保存了中国酿酒的最高技艺。李兴发的酱酒思想也产自这里，在这里代代流传。思想之所以伟大，是因为思想也是独一无二的，是难以复制的，正如赤水河难以复制的酿造环境。茅台镇厚重的酿酒历史文化，茅台酒厂酿造技艺的传承，它们是自然法则加上人的思想，都是难以复制的。思想，酱酒的思想，这才是酱酒核心产区的基础。

一方水土养一方人，一方水土酿一杯美酒。酱酒看贵州，到贵州来喝真正的酱酒。在这么多品类的酒中，酱酒与生态的关系，纠缠到近乎神秘的程度。如今，生态依然是贵州最大的优势，白酒不仅是贵州秀美山川的缩影，更是"贵州特色"鲜活的记忆符号。不可复制的生态自然资源环境，从根本上给贵州白酒定了型，最好的说明就是"离开了茅台镇就生产不出茅台酒，离开了茅台酒厂照样也生产不出茅台酒"。同样，离开赤水河流域生产不出高品质的酱香酒，这是社会共识，而非一家之言。由此可见，酱香酒对赤水河流域独特的自然环境、传统酿造方式的高度依赖。

那么，离开赤水河，就生产不出茅台酒吗？

答案显而易见。这是由产区自然地理环境所决定的。身处赤水河谷地带的茅台镇冬暖夏热、日照丰富，这种特殊的气候使空气中飘游着无数微生物菌种群，加之酿酒活动在该地区数千年传承不息，这些微生物已形成自己独特的、无法克隆的微生物环境。这些微生物大量参与酿造过程中，造就了酱香型白酒中的主体香味——"酱香"的形成。

离开赤水河，酿不出茅台酒

20世纪70年代，国家曾组建过"茅台酒异地试制"的科研攻关项目。为配合实验顺利进行，茅台酒厂为此也精挑细选了一些生产骨干、工程师、酿酒大师及车间技术人员给予大力配合，甚至连原材料、辅料、生产设备等都搬去前往支援。经过长达10余年的努力探索，异地酿出的酒始终达不到茅台酒的一些典型风格。最终，异地实验宣告失败，这也充分证明了"离开茅台镇，酿不出茅台酒"的铁律。

大半个世纪以来，茅台酒厂的一半员工都住在仁怀市里，他们宁愿每天花1个小时上下班。夏天由于海拔的原因，仁怀市的气温要比茅台镇低四五摄氏度，而茅台镇气温经常达到40摄氏度左右，不适合人居住，却最适合酿酒。

如今人们走在茅台酒厂厂区,整个山坳里弥漫着悠悠的酒香。不是一个厂区,不是一个街区,不是几道街巷,是整个山坳,是整整两座山和一条河围起来的山坳。整个茅台镇就陷在深深的山坳里,这里气温年差较大,干热少雨,年降雨量仅有800～1 000毫米,日照丰富,年照可达1 400小时。这种夏热、冬暖、少雨的特殊气候,最适宜酿酒微生物的生成与繁衍。

当我们把视线拉近,可以发现李兴发大师从孩童时期就生活在美酒河畔,美酒河如果有什么天大的秘密,也一定是先偷偷告诉李兴发。后来,他领悟到,没有赤水河的凶险和蛮力,就没有此后多年他坚强的意志。美酒河的教导,最终是通过点点滴滴温柔醇厚的茅台酒传授到他的精神血液中的,那是苦难童年飘来的一抹酒香,是赤水河"母爱"的精神哺乳。

如果美酒河是一位母亲,大概也是因为心疼这个孩子,冥冥之中为他指明了另一条路,并交给他一个天大的秘密:离开赤水河,酿不出茅台酒;离开赤水河,酿不出好酱酒。

细数名酒产地,必然都有得天独厚的环境优势。特殊微生态、酿酒技艺、好粮好水,都是名酒的核心支撑。即使原封不动地将茅台酒的生产原料、生产工艺挪到异地,依然无法生产出具有茅台风味的酱酒,这样的故事,人们早已耳熟能详。如果说当地的生态环境可以复制，温度湿度能达到精确把控，依然不能酿出一样品质的好酱酒吗？答案是肯定的。原因是什么？一定是思想。思想与地域有着极为密切的关系，酱酒思想只有在茅台，在贵州，才有真正适合生长的土壤。

2019年10月，贵州首次提出"世界酱香型白酒核心产区"概念。2020年6月8日，茅台等7家重量级酱酒企业共同签署《世界酱香型白酒核心产区企业共同发展宣言》，首次明确指出：世界酱香酒核心产区，系酱香酒发源地，其范围以茅台镇为焦点，涵盖赤水河上下游川黔两省广袤土地，乃全球活跃的酿酒产业板块、重要的人文遗产聚集地。这一宣言，宣告了在酱酒热潮之下，世界酱酒核心产区从概念照进现实。"酒冠黔人国，盐登赤虺河。"贵州不缺名酒，更不缺好酒，品质和产区的竞争力将会是黔酒的关键资源优势。以产业集群的方式，塑造酱酒品牌，加强消费者认知，无疑是黔酒突破更大发展格局的必经之路。令人感到欣慰的是，李兴发大师的集大成作——贵州思想台，在这股酱酒热潮中崭露头角。

一瓶贵州思想台，告诉世人，所谓思想，并不是远离生活的生冷玄远，思想者也不是不食人间烟火的出世怪胎。中国"酱香之父"李兴发的思想，就在他一生的现实生活中，是最生动、最实际的。像李兴发这样的人，才是真正置身于生活之中的思想者，他能从司空见惯的日常琐碎中，把那些生动实际的思想呈现出来，比如借助贵州思想台这样的人间食粮。

贵州思想台，有李兴发一生思想的意味。品尝贵州思想台，追思大师，在睿智与深刻之余，让我们感受到了李兴发大师的鲜活与亲切。

第二章　思想是劳动、行动

思想是什么？思想是劳动、行动！思想存在于劳动之中，人要靠劳动而生存。未来将属于两种人：思想的人和劳动的人。实际上这两种人是一种人，因为思想也是劳动。李兴发的青春是劳动的青春，是思想的青春。彼时的他，进了酿酒作坊做了酿酒技术工人，整天忙得热火朝天，拼尽了全力就是干，要烤酒，烤好酒。他有使不完的力气，用不完的激情。酿酒作坊是他自小向往的"殿堂"，茅台酒一直是他眼中的"珍露"，能够进入烧酒坊工作是体面的，是有尊严的，他一心想要好好干，真真正正是个有为青年。那是他在烧酒坊酿酒的飞扬青春。从此，李兴发开始踏上与酒为伴的一生。

走进国营茅台酒厂

1950 年 2 月，茅台镇这座历史悠久的山城小镇解放了，被土匪搅乱了的社会秩序和社会风气好了起来，但茅台镇上的几家酿酒作坊仍未能恢复生产。20 岁的李兴发是多么年轻，他所在的成义烧坊却处于停滞状态。尽管县人民政府采取贷款等措施帮扶几家作坊恢复生产，但由于各种原因，酿酒生产仍无明显好转。1951 年 11 月，政府赎买了成义烧坊。1952 年 10 月，政府没收荣和烧坊；12 月接管恒兴烧坊，由此组建国营茅台酒厂。1952 年 8 月，李兴发作为酿酒技术工人，随成义烧坊转进茅台酒厂工作，这令他心潮澎湃、兴奋不已，做足了要翻开他人生崭新的一页的准备。

茅台镇的核心区域只有 4 平方公里，是一座典型的西南山城小镇。在这里问路无所谓东西南北，也不讲究左右，只说上下。从赤水河的西岸望过去，镇上建筑如一座座蜂房，鳞次栉比，见缝插针。

茅台酒厂最初的厂房就在小镇偏南的杨柳湾。茅台酒厂前身为三家烧酒坊——成立于 1862 年的"成裕烧坊"（后改名为"成义烧坊"）、成立于 1879 年的"荣太和烧坊"（后改名"荣和烧坊"）以及成立于 1929 年的"衡昌烧坊"（后改名为"恒兴酒厂"）。三家酒坊都出产茅台烧酒，民间以其老板的姓氏加以区分，分别为华茅、王茅和赖茅。

新中国成立后，1951—1952年三家烧酒坊通过公私合营的方式，合并为国营茅台酒厂。华茅老板华问渠祖上即为贵州政商两界的要人，新中国成立后华问渠作为统战对象曾担任贵州省商业厅副厅长。赖茅的老板赖永初后来担任贵州省第四届政协委员会委员，在任期内去世。公私合营后，国营茅台酒厂的技术副厂长郑义兴，就曾是赖茅的掌火师(酿酒师)。郑义兴后来又培养出了得意弟子，正是"酱香之父"、勾兑大师李兴发。

现在茅台酒厂的第一、二生产车间就是当年"成义""恒兴"的老厂址，窖坑也是老窖坑。制曲车间是昔年"荣和烧坊"的全部厂址，把窖坑填平，在上面建的车间。原来的三家酒坊毗邻，中有空隙和人行道，成"品"字形，"荣和"居中，"成义""恒兴"在左右两侧。

茅台最初的厂区很小，只有四五亩。随着规模扩大，厂区沿赤水河向南扩张，但办公楼以及老厂房仍旧在老镇之内，与居民区犬牙交错，镇中有厂，厂中有镇。

茅台镇上酒坊多过米铺，走在街上，随处可见挂牌的酒业公司和出售散酒的零售小店。出售散酒的零售小店里一般都放置容积相同的酒缸，酒缸顶部用一层塑料布紧紧盖上，以减少酒精挥发。酒缸的醒目位置贴着一小块纸，纸上写着散酒的品种和等级。同时在靠近柜台的墙上都挂着一个小本，本上详细记录着各种散酒的价格，酒的价格从每斤 5 元到 180 元不等。挂牌的酒类公司大都在镇中心临街而建，三层小楼，外墙贴了白瓷砖，作为销售公司或业务洽谈处。

异地酿造茅台早已被证明是不可能完成的任务。20 世纪 70 年代茅台在遵义的实验酒厂尽可能地模拟茅台的生产环境，包括酒糟、曲药、灰尘（微生物）等，还有技术最强的老师傅，但生产出的酒完全不是茅台味。市面上的"珍酒"就是当年的"异地茅台"，目前还在运营。

几百家大小酒厂和作坊把茅台镇变成了一个大酒窖，几百年的酿酒历史积累下了宝贵的微生物菌种群。酒酿得越多，微生物越丰富，酒就越香。这些宝贵的微生物在河谷里漂浮着，它们看不见，却无处不在。

如今，在茅台镇，每个酒坊的老板、酒师都会自豪地告诉你，我们这里产的是酱香酒，要花一年的时间才能烤完酒，不会添加任何调味的香料，而且，这个味道只有这方圆几十里才能做出来。想必他们自豪放言的同时，脑海里一定会偶尔想起，酱酒的荣耀是李兴发带来的。

历史上的茅台酒曾几次遭受战火摧残。清同治元年（1862），战乱过后的茅台镇，各酿酒烧坊开始百花齐放。茅台镇上的"成义""荣和""恒兴"三家私营酿酒烧坊发展规模越来越大，茅台酒的生产也开始复苏，留下了永恒的美好记忆与岁月的味道。这道古朴的大门，仿佛穿越了时光的隧道，见证了茅台的过去，记载着茅台的开始。

后来终于成为李兴发老师的郑义兴师傅，曾经在三家酒坊都当过掌火的酒师，茅酒的秘密仿佛就在他手里。抓起一把糟子来，尝一尝，再闻一闻，然后揉碎，酒就仿佛是从他的手指缝里筛滤出来的，说不出的让人心醉……就这样，日子一天天过去。

茅台酒仿佛在等候着李兴发；而李兴发呢，也仿佛在等待着茅台酒。终于，李兴发和酒坊作为"重要资产"一起并入茅台。茅酒的秘密从郑义兴手中传到李兴发手中，郑义兴一并交给李兴发，当然，还有李兴发自己发掘的更多的秘密。

茅台酒厂技术工的激情岁月：

拜师郑义兴

高徒有名师。李兴发的师父，是当代茅台酒的第一个功臣：郑义兴。

郑义兴，四川古蔺水口乡人，出生于1895年，18岁时，他进入茅台镇"成义烧坊"当学徒，先后在茅台镇的"成义""荣和""恒兴"三家烧坊做酒师，是茅台镇几大烧坊不惜重金争夺的对象。新中国成立后，他把平生酿酒心得整理成册，毫无保留地传给了新一代茅台人。他不仅带出了李兴发、季克良等酿酒大师，还奠定了茅台酒发展的基石。

"飞天"茅台，就是郑义兴的一次"大手笔"。1957年，为有利于外销，茅台酒厂经国家轻工业部批准，厂务领导开会研究决定重新设计外销包装。时任厂长郑义兴提出，可以结合茅台镇民间流传的"飞天仙女临河赐酒"的美丽传说为背景进行设计，取名"飞天"。图形选自中国古代敦煌石窟中的壁画仙女飞天，是佛教中的人物造型。

仙女飞绕在天空，有的脚踏祥云，徐徐降落；有的昂首挥臂，腾空而上；有的手捧鲜花，直冲万霄；有的手托花篮，横空飘游。

看到这样的图形，我们都会不禁想到敦煌莫高窟中，古人用信念给我们带来的莫大艺术震撼。从此，"飞天"牌茅台酒畅销海内外。

郑义兴和李兴发师徒二人，都凭着数十年的酿酒生涯，造就一身的精湛技艺。一定是天才的惺惺相惜，天才师父对天才徒弟格外偏爱。李兴发精通酿酒的每个环节，从最早的下料到最后的勾兑，全部依靠经验来完成的那一套"天才"手艺，颇得他的"天才"师父郑义兴真传。

李兴发的慷慨也和师父一脉相承。20世纪50年代，跨入茅台酒厂大门的郑义兴畅快之下做出了一个惊人的决定：把他30多年的酿酒经验与心得感悟，口述整理成文字，献给茅台酒厂，并作为资料存世，世代相传。他的这一决定，让整个酿酒行业发生了一场地震，彻底颠覆了酒师行业的行规。当时的茅台镇还有着"传徒不传子"的行规，培养出的技术人员相当有限，国营茅台酒厂酒师奇缺，而国家的扩产扩建却在继续。郑义兴的决定，对于当时人才奇缺的茅台酒厂来说，无疑是久旱逢春雨。他的决定，也是茅台酿制技艺传承从作坊走向现代工业的标志性事件。从那以后，众多类似郑义兴这样的酒师，打破了旧有的保守、封闭传统，对茅台酒生产工艺的总结与提升作出了巨大贡献。郑义兴精心培养后人，悉心传艺，把平生心血和酿制技艺毫无保留地传授给了李兴发、季克良等一代又一代年轻人，使他们成为茅台酒传统工艺的新一代国酒酿制大师。通过大家的不懈努力，茅台酒厂初步制订了茅台酒统一的操作规程和酿造流程，为贵州茅台酒的发展奠定了坚实的基础。后来，李兴发晚年的做法简直与师父如出一辙，他同样是毫无保留地为茅台培养了一批优秀人才。

坚守原则和主见，爱惜茅台名誉，守护茅台品质，这一点师徒两人不能更像了。1954—1955年，茅台酒厂的工人在劳动竞赛中提出"沙子磨细点，一年四季都产酒"的口号。郑义兴说："这样违背了茅台酒的生产规律，只能生产出普通的高粱酒。"但是郑义兴的意见当时没有引起足够的重视，以致造成后来生产过程中的质量波动。1956年，全国八大名酒会议在北京召开后，茅台酒厂开展以提高产品质量为中心的运动，采纳了郑义兴恢复传统操作方法的建议，酒质逐渐得以提高。1958年，全厂合格酒由1956年的12.19%、1957年的70%提升为99.42%。为表彰郑义兴的突出贡献，经上级批准，郑义兴工资连升三级，奖皮大衣一件，并被提拔为副厂长，授予工程师称号。

今天，一些退休老员工说到当年的老厂长郑义兴时，言语之中无不流露出对这位天才的敬重。据说，在郑义兴的那间小屋里，常年摆放着几百种酒，白天在厂里酿酒的他，晚上回到自己的小屋，还像磨美玉一样，完全陶醉在一个人的世界里。就是这样一个在生命中与酒融为一体的人，为国酒茅台贡献了毕生精力。

鉴于他对茅台酒厂的特殊贡献，贵州茅台酒厂在中国酒文化城内为其塑像，并尊为"国酒大师"。

李兴发一生追随师父郑义兴，对国酒一样忠诚，对茅台一样奉献，至今师徒的精神都深深镌刻于茅台人的心中。

茅台酒厂的"黄金拍档"：
李兴发与季克良

如果李兴发还在，他在做什么？

每天会去茅台转一转？会参加茅台早上的品酒会？大概率是会在怀仁的大街上散步，回到菜市场买菜给孩子们准备餐食，会和晚辈围坐共享晚餐……

他的同事季克良，这些年就是这样过来的。2018年后，季克良不再担任茅台集团名誉董事长、技术总顾问和贵州省酒业高级技术顾问职务。季克良已经满头银发，偶尔还会以国酒大师、酿酒大师、中国白酒专家的身份出远门，指导晚辈。

20世纪60年代，是茅台酒厂最凋敝的时期，生产量大幅下降，质量出现了波动。1962 年，茅台酒厂第一次出现了亏损。1963 年的第二届评酒会上，茅台不再是第一名。评委们反复比对后得出结论：茅台酒的质量确实下降了。

质量的波动引起了领导的高度重视，一系列搞好茅台酒厂、恢复质量的举措展开了。其中就包括了抽调大学生。

季克良就是在这样的情况下，带着同班同学徐英，也就是他后来的妻子来到茅台的。

他来到茅台酒厂的时候，李兴发就是厂里"顶梁柱"一般的酒师。季克良进茅台酒厂那一年，酒师李兴发率领的科研小组归纳得出了茅台酒三种典型酒体，即酱香、窖底香和醇甜。第二年，季克良将其整理成论文《我们是如何勾酒的》，在 1965 年的全国第一届名白酒技术协作会上宣读，在全国掀起勾兑热潮。

这就足以解释为何后来有媒体在采访季克良时，问他最敬仰的人是谁，季克良回答："李兴发。"

茅台酒厂本身就有注重质量的基因，在这件事情上，季克良、李兴发均功不可没。

外有政策的支持。20 世纪 70 年代就提出，为保证茅台酒质量生产水源不受污染，赤水河上游 100 公里内不准建设化工等企业。

20 世纪 70 年代，在大量企业处于半停产状态，连交通运输秩序都被打乱的时候，茅台酒厂却没有停产一天。有个制酒班只剩下一个人，仍在坚持一个人起糟、掏糟、上甑、下甑、收糟。

李兴发与季克良就是在这样的基因与环境下，做成了最大的两件事：一是在继承传统酿酒工艺的基础上，把茅台带上了科学化、规范化的道路；二是深入挖掘了茅台的传统文化和红色基因，打造了茅台的品牌。

有人说，季克良对中国传统白酒工艺有敬畏感，有人称他为"神秘茅台破解者"。确实，季克良从技术层面补足了茅台的酿造工艺，用科学理论解读了茅台。在茅台酒厂待了十年后，季克良提出了提高茅台酒质量的九条经验。后来，又相继提出了《提高酱香型酒质量的十条措施》《茅台酒传统工艺的总结》《贵州省茅台酒传统工艺标准》等。如何理论联系实际，揭示茅台酒传统工艺的奥秘，成了季克良毕生的追求。

不能否认的是，对茅台工艺进行科学的归纳总结，正是大学生季克良的专长。但是要说真正的实际操作，寻找工艺的突破，总结出其中的奥妙，还得是李兴发这样的老酒师。茅台酒厂建厂初期，厂里的工人和酿酒师大多来自农村，生产主要靠经验、感觉和传统，没有一套科学、规范的操作章程。于是，在那段特殊的日子里，季克良和李兴发几乎成为茅台酒厂的"黄金拍档"，一个能干，一个能写！

在季克良进茅台酒厂之前，万吨的目标就已经提出来了。

1975 年，又一次关于茅台万吨计划的会议展开，会议就生产问题、建设问题、地点布局、配套问题、交通问题、科学研究、生活保障、组织领导等 12 个问题作了纪要。只可惜，由于当时的局势，计划被耽搁。

1978 年，"赖茅"创始人赖永初给省领导写信表示愿意当茅台酒厂领导，可以扭亏为盈。了解后才知道，赖永初扭亏为盈的本领是会勾酒。实际上，赖永初只到过茅台酒厂一次，也不会勾酒。真正懂勾酒的，却是郑义兴、李兴发这样的老酒师。

直到 1984 年，800 吨扩改建工程开始后，新的科学砌窖方法得到推广，大大减少了烧包现象和浪费。1989 年，征求了技术骨干的意见后，季克良归纳整理了 20 条原因，采取了 50 多条措施，彻底解决了二次酒掉排的问题，让酒厂每年在质量稳定的情况下可增加 7% 的产量。

20 世纪 90 年代，在时代的接轨期，积极性被无限放大。有人喊出"百里酒城"，还有人喊出"三万吨工程"。

1991 年，季克良再度当上了厂长，定下了发展 2 000 吨的稳健目标，却招来了非议：有人要求换掉他。在当时，也有坚持和季克良站在统一战线的"战友"，那个人就是李兴发。

当时，离茅台酒万吨的目标还很遥远。有人提出在交通便利的地方多建厂子生产茅台酒，在极具影响力的各方人士面前，季克良表示："离开茅台镇，就不能生产茅台酒。"

在季克良的心中，产量要增，但必须保证质量。他的理论是："产量服从质量，速度服从质量，效益服从质量，工作量服从质量。"在这一点上，季克良和李兴发二人的观点，简直不能更加契合了。

2000年前后，在整个社会都在追求"以效益为中心"的时候，季克良在汇报工作时提到："以质量为中心，把质量工作放在第一位。"这个时间的李兴发已经身体抱恙，依然是默默在支持他。也是在这一年，李兴发离世，带着不能和这位"战友"继续搭档，并肩"战斗"的遗憾离去。

第三章　思想是基础、力量

思想是什么？思想是基础、力量。人的思想是了不起的，只要专注于某一项事业，就一定会做出使自己感到吃惊的成绩来。在那个年代，李兴发和我们的新中国一样年轻。在各个领域，有着太多未知的事物，要我们自己"摸着石头过河"，去探索，去揭秘。李兴发对烤酒、勾酒的痴迷，是超过身边所有人的。

据李兴发的几个女儿回忆和转述，父亲李兴发曾这样讲起往事：在民国时期，他尽管帮镇上的成义、荣和、恒兴三家烧坊都烤过酒，但那时的帮工和政府组建的茅台酒厂相比，真有天壤之别。新中国成立之初，在党和政府的领导下，整个社会环境犹如被徐徐的春风吹拂。在车间酿酒的工人，社会地位很高，劳动热情高涨。李兴发进厂不久，1952 年 9 月，茅台酒在全国第一次评酒会上获评国家四大名酒之首，更加激发了工人们的生产积极性。

当时李兴发在车间里上班，变得更加废寝忘食地工作，他当然希望把工厂办得红红火火。他一心扑在工作上，用他那熟练的工艺和丰富的经验，对每一次的润粮温度和湿度，上甑的松密度，以及取酒所需的气压量，都把握得很精准。他将酿酒周期的每一过程都悬挂在心上，如临重任在身，丝毫不敢大意。他不分上班和下班，对每一次糟醅进入生物反应器发酵时，都认真细致地观察其变化，牢牢把握住酿酒过程的脉搏，以便正确、及时、妥善地处理。他用他劳动的热情和所倾注的汗水，换来了他们车间班组生产的出酒率最高、酒质最好。1953 年，全厂生产茅台酒 72 吨，1954 年达到 163 吨，迅速恢复并跃上了历史较高水平。1955 年 7 月，李兴发光荣地加入了中国共产党。1956 年 6 月，李兴发被任命为茅台酒厂副厂长，主抓生产。茅台酒是世界名酒，受到党和国家领导人的高度重视，即使在三年困难时期，茅台酒的生产原料供应也得到保障，实现了快速健康发展。1960 年，茅台酒产量达 912 吨，创历史新高。

多年以来，经过无数个日夜的沉迷钻研，李兴发对酒的酿造，对酒的风味，有着本质的剖析，他的酱酒思想，是基于实践的深层思考，对酱酒的"前世今生"，李兴发具有广阔视野的把握。他的思想，就是真正的酱酒思想。

茅台酒香的奥妙是勾兑

"茅台酱酒的奥秘在勾兑。"这是李兴发的毕生总结。

在大多数人认知中,"勾兑"的酒,就是水、酒精与化学试剂混合的,甚至很多没有底气的酒企都避忌"勾兑"一词,也有一些改说"勾调"。事实上,"勾兑"是酿造的一项非常重要而且必不可少的工艺,并非是"三精一水"(即所谓的新工艺白酒)的统称。酱香酒也是必须经过勾兑,才能得到酱香突出、酒香而不艳、酒体幽雅、细腻醇厚、协调丰满、回味悠长、空杯留香持久且舒适、饮后不上头等特点。那酱香酒为什么需要勾兑呢?

好酒都是靠"勾兑"来平衡酒体,协调香味,使酒体统一度数、统一口味,保持独有的风格,形成一个完整的酒体。

酱香酒经过多种微生物菌群在"开放式"与"封闭式"下完美发酵,即使是相同原料、大曲、生产工艺和同一窖池蒸馏得出的基酒品质的差异甚大,以及不同的糟醅层、有七个不同轮次蒸馏的,就有更多的品质了,单单是酱香酒基酒分型分级就多达160余种。如果不经勾兑,每坛酒分装出厂的成品酒质量各异,因此,"勾兑"是非常必要,也十分重要的。

精湛的勾兑技术,把酱香酒的七个轮次酒巧妙地组合起来,使酒体韵味十足，令人陶醉。在中国，李兴发是第一人，他把"勾兑"用得淋漓尽致。他通过勾兑区分了酱香酒的"酱香、窖底香、醇甜"三种典型体，为茅台酒口感的稳定和统一生产奠定了基础。这三种形体又如美术颜色的"三基色"，在精心调配下，可绘出绚丽的"色彩"，同时绘出一幅幅世间"名作"。

懂酿酒的人都知道：生香靠发酵，提香在蒸馏，成型在勾兑，风格靠调味。各种调味酒的作用就是代替和弥补基酒中存在的各种缺陷，勾兑成型还要用调味酒来调整基础酒的香、醇、压煳、压涩、充甜、改辣等。通过勾兑可弥补缺陷，取长补短，使酒质更加完美，这对于生产优质酱香白酒十分重要。

勾兑是一个复杂而微妙的过程，一瓶香而不艳、酒体幽雅、细腻醇厚、协调丰满的好酱酒，不是一下子就能酿得出来的，整个过程都是很复杂的。调酒师不仅要解决酒体的酱香、焦香、煳香、陈香、糟香、窖香等香气之间的"相杀"或"相乘"，还要平衡好酒体中决定着酒体风格的醇、酸、酯、醛、酮等微量物质含量比关系。勾兑，是酱香酒的灵魂；没有它，酱香酒也只是一个躯壳。

因为人们对"勾兑"一词的误解，很多酒企不仅不证明"勾兑"的清白，而且搞一些噱头酒，如"原浆酒""原酒""原浆"，来表明自己的酒是纯粮酿造的。但那是一些唯利是图的酒企用"三精一水"的白酒滥竽充数,迷惑消费者。如果是真正的"原浆酒"基酒,那都是半成品,它是酱香酒的"框架"而已,还不是完整的产品。

走火入魔的勾兑日常

据家人回忆,李兴发走上领导岗位的那段时期,面对的问题比较棘手:茅台酒勾兑仍固守在大坛勾小坛,酒龄长的勾酒龄短的传统方法上,不同酒师不同批次的酒勾兑出来的风格不一样,质量不一样,造成酒质极不稳定。1955年的一次非正式评酒会上,茅台酒被评到了其他白酒之后,这让李兴发感到压力巨大,责任特别重大。

为了探索稳定酒质的规律,从那时起,他除了管理全厂的生产外,便无限度地增加工作量,废寝忘食地进行品酒勾兑。他把从酒库收集的200多种不同轮次、不同酒龄、不同味觉的样品酒,反复无数次地品尝,进行标准样酒分析、典型体样酒分析,及构成以后的变化测定,等等。白天收集样品,晚上闭门品评,每天要品尝50多个酒样。据徒弟和工友们回忆,李兴发那段时间整日把酒勾了又勾、调了又调,节假日也从不休息,简直把家当成了工作室。有几次由于劳累过度和体内血糖过低,竟晕倒了。

他的夫人曾向儿女求助，说李兴发每天都是深夜2点多才睡觉。刚躺下，突然又想起点什么，马上又起来在家里的小工作室勾起酒来。但是儿女知道父亲在研究酒这件事情上的痴迷和快乐，当然也是没有什么好的解决办法。

一次，李兴发早上起床就吐血，妻子马上报告了厂里，并及时请来医生。医生见李兴发脸色苍白，满头大汗，说话无力，赶忙对他进行了急救处理。因为他连续几个通宵勾酒，身体出现的这种危急病态，完全是累出来的。要知道他每天上班，都要品尝五六十坛酒，最多时候要品尝百余坛，在品酒过程中经常吐血。尽管体力不支，备受摧残，李兴发却始终没有放下过对茅台酒的研究。很多时候，他都带着病到生产一线、二线视察工作——他就怕生产一线、二线出现质量问题。即使在特殊的岁月里，他照样坚持上班，照样坚持在工作室里反复勾兑酒，反复品尝酒。

在晚辈的记忆里，李兴发住的那间屋子里摆满了坛子、罐子。他收集的样酒特别多，除了不同轮次、不同年份的茅台酒外，还从街上小摊上买来农民自家烤出来的苞谷酒、高粱酒等散酒。他用这些酒进行勾兑，形成很多小样，经常叫家人一起品尝。为了勾酒的需要，他的生活要忌口，不能吃辛辣的食物，吃荤、吃素都只能用一点酱油蘸着吃。他每天都泡在酒库里，一只大手上吊着十几个小样瓶，装了不同年份不同轮次的茅台酒，勾兑品尝，再勾兑再品尝，反反复复，然后把结果记录在一个随身携带的笔记本上。茅酒厂的工人，不管是谁，只要碰上李兴发在品酒，准会被叫住尝上几小杯调好的酒样，如果品尝后说不出个子丑寅卯，就不能轻易走开。这也是李兴发为了提高勾兑技术而想出来的"仙方"。"研究酒"的念头，始终绷紧了他全身的每一条神经，渗透了他全身的每一个细胞，他达到了"走火入魔"的境界。

在李兴发的脑海中，也许酒香是千变万化丰富精彩的，自成一片天地，但是现实中李兴发的生活就远远不如酒香般丰富多彩。为了保持感觉器官的灵敏，像几乎所有的品酒师、勾兑大师一样，他一生坚决不吃葱、姜、蒜等辛辣食物，不吸烟，这种原则坚持了一生。

人们回过头来看国酒茅台，会发现，茅台酒仅仅是李兴发思想的开篇。

人们在怀念李兴发在茅台任厂长的时候，都用了平实的叙述和丰富的案例。在那个时候，人们还没来得及辨认大师的光芒。那时，正当年轻的李兴发只顾着埋头做事，心怀茅台酒厂、酒的质量和厂子的效益，哪里有一丝丝的悠闲，更别说给自己的思想来一个总结。

晚年时候，时光对老人也多了一份宽容，为我们展示了李兴发思想的"无用之大用"，让他的思想的力量有了深刻但不抽象的呈现，也是我们后面会详细讲述的故事。

"酱香之父"

"酱"在《说文解字》中是这样解释的：酱，醢也，从肉，从酉，酒以和酱也。意思是"酱"字由肉和酒会意而成，表示用酒来拌和肉酱，可见酱从一开始就和酒相关联。古人把"酱"看作调味的主帅，孔子曰："不得其酱，不食。"直到今天，酱仍然是人们广泛使用的调味品，用"酱"这个字命名的茅台镇传统工艺酱香酒，常被人们用于饮用和烹饪，备受瞩目。

那么，茅台镇传统工艺生产的这种酒为什么被称为酱香酒呢？

答案来自李兴发。

思想是根基，理想是嫩绿的芽胚，在这上面生长出人类思想、活动、行为、热情、激情的大树！终于在 20 世纪 60 年代，李兴发养成了他的"大树"：他发现了茅台酒的三种典型香体，酱香酒由他命名，并受到国家的认定。

中国酱香酒起源于仁怀市茅台镇，茅台酒乃是中国酱香酒的灵魂。酱香型白酒亦称茅型酒，茅台酒香型的三种典型体分别是酱香、窖底香和醇甜。酱香酒香型的确立和三种典型体的发现乃是由一代酱香勾酒大师李兴发完成的。

如今，大部分人都知道，酱香型白酒因有一种类似豆类发酵时的酱香味而得名。但是我们所说的真正意义上的茅台酱酒的命名，却来源于李兴发这段特别的故事，故事发生于事关茅台酒厂未来的关键时期。

追溯背景，事情是这样的：直到1963年，茅台酒厂依然没有真正意义上的检验员，这真是令人难以置信。据说，从新中国成立前开始，茅台酒前身的各个酒坊的酒，都是由自己的酒师勾兑，一切全凭酒师经验，并且是相对保密的。加上作坊生产不规范，不同轮次酒在容器中混装非常常见，这对勾兑的量的把握是难以精确的，因此酒的品质全凭酒师的经验。到了茅台建厂之后，酒的品质行不行，厂长尝一尝，厂长说行，就能出厂。现在看来，是有些思想混乱，显然是要出问题的。果然，在1963年，茅台酒的品质有些摇晃。茅台酒走到了关键一步，这个时候任技术厂长的李兴发接下重担，一心要攻破难题。

据《中国贵州茅台酒厂有限责任公司志》记载，1956年6月，李兴发任茅台酒厂生产副厂长。

明确科学勾兑的途径，才是保证茅台酒品质稳定的法宝。创新的过程中，难免有艰辛的探索。从50年代末期开始，在国家轻工业部的关心下，国家轻工业部、中国科学院、贵州省组织了一系列对茅台酒的科学研究。其中，1964年，轻工业部和贵州省再次成立科技试点组，分两期开展了科技试点研究。科研人员以严谨的科学态度、严格的工作作风、求真务实的精神，分别对贵州茅台酒的生产原料、酿造用水、制曲制酒的堆积、发酵、蒸馏、香味物质组成等方面进行了研究，进行了多项专门实验，整理编写了11份研究报告。在试点过程中，对以茅台酒厂副厂长李兴发同志任组长的茅台酒贮存和勾兑实验小组提出的茅台酒的酱香、窖底香、醇甜三种典型体的划分进行了分析、肯定。1965年，轻工业部在山西召开茅台酒试点论证会，正式确定了茅台酒的三种典型体及酱香型酒的命名。

仅仅是靠卓越的勾兑技术，使得他获得这一生的荣耀吗？

是日积月累的天赋。李兴发靠着这日积月累的天赋，作为自己最独特的资本发展自己的能力，无论是孩童时期生长在酒香氤氲的街巷也好，还是后来一步步选择靠近茅台，守护茅台，他有他自己的一股子思想。他已经用一个山村儿郎的人生攀爬，向世人展示了思想、智慧使人聪明，助人成功。有了这样的审视，我们就不难理解,为什么这几年,贵州思想台重新回到了人们的视野,甚至成为焦点和热门话题。

"酿酒史上破天荒的创举"

已退休的茅台集团原董事长、中国白酒大师季克良曾告诉媒体:"李兴发副厂长很聪明,感觉器官很灵敏,也有归纳能力,我很佩服他。"

《工人日报》曾评论道:"在茅台,在中国白酒行业中,李兴发这个名字本身就是一座里程碑。"

吕云怀是茅台酒厂认证的李兴发的徒弟之一,结对师徒的情谊至今深厚。据吕云怀回忆,连续几年,李兴发几乎成天泡在酒库里,一只大手上吊着十数个小酒杯。他把装了不同年份、不同轮次的茅台酒,勾兑、品尝,再勾兑、再品尝……如此反复,然后把结果记录在一个随身携带的笔记本上。不管是谁,只要遇到了李兴发先生,准会被叫住,尝上三四杯调好的酒,如果说不出个子丑寅卯,就休想走掉。通常一天,李兴发先生要尝取五六十坛酒,最多一天要品尝上百坛。很多次,他因劳累过度而晕倒。

尤其是1964年到1965年的冬天,李兴发是近乎疯魔一般的状态在尝酒，勾酒。据家人描述，从 1964 年到 1965 年，一年多的时间里面，李兴发常常一个人闭门不出，待在自己的小屋里，满屋子瓶瓶罐罐装了酒的样品，他勾兑、品尝、记笔记，再勾兑，再品尝，再记笔记。没有捷径可言，只有超乎常人的韧劲。为了攻破难题，找到奥妙，可以茶饭不思，身心交瘁也毫无怨言。凭着痴迷、专注、执着、坚信之心，他终于找到了白酒的奥秘。

1965 年冬天，那天天气很冷，李兴发带着三杯酒来到工作组驻地。彼时的他容光焕发、自信满满，仿佛之前一年多闭门不出积攒的能量在这一刻爆发了。他兴冲冲找到大家，让大家坐下来品尝这三杯酒。一轮品评之后，他按照事先计划好的进行仔细勾兑，又让大家品尝一遍。一群人整天就是琢磨这件事的，一品尝就全明白了，果然是典型的不一样的三种酒。经过这么长时间的研究、酝酿和反复琢磨，这是他的技艺，他的心血，是他惊天动地的思想，但是此刻自信令他自燃，他将他的酱酒思想娓娓道来："这三杯酒，代表了各个轮次酒中包含的三种典型体，我给它们分别取名为'酱香''窖底香''醇甜'"。

在场的同事们都兴奋了起来。根据经验，李兴发的说法和摆在眼前的成果，包括他的思想，在那一刻仿佛有了神意，令人信服，令人振奋，令人敬佩！

在确立三种典型酒体之后，李兴发又按不同比例，采取任意、循环、淘汰等勾兑方法进行数百次勾兑，掌握了茅台酒的勾兑规律，勾兑出酱香突出、幽雅细腻、酒体醇厚丰满、回味悠长、空杯留香持久、风格独特、酒质完美的茅台酒。根据其独特的芳香，李兴发将它命名为"酱香型"白酒。

1965 年，国家轻工业部在山西召开茅台酒试点论证会，正式肯定了茅台酒三种典型酒体的确立和酱香型的命名。

同年，在四川泸州市召开的全国第一届名白酒技术协作会上，时任茅台酒厂技术员的季克良宣读了用科学理论总结整理的李兴发科研小组科研成果《我们是如何勾酒的》，引起了强烈反响和各厂家代表的高度重视。

轻工业部认为李兴发先生在任副厂长的 30 多年间，出色完成了"茅台酒储存条件""储存期中酒质量变化和勾兑的规律"等科研任务，收集了 200 多个酒样，亲自品尝了 4 500 多个酒样，分析了近万个数据，创造性地提出了茅台酒酱香体、窖底体、醇甜体三种典型体，奠定了科学勾兑茅台酒的基础，不仅推动了酒类生产的发展和质量的提高，同时也为全国各种评酒活动提供了比较具体、规范、科学的评比标准，是酿造史上破天荒的创举，也是对中华民族酒文化的重大贡献。

对茅台酒三种香型的划分，《中国贵州茅台酒厂有限责任公司志·人物篇》李兴发传记中载："三种主体香型的确立，使茅台酒的勾兑从感性到理性有了质的飞跃；三种香型的确立，进一步认识和完善了茅台酒的传统工艺，使其勾兑工艺更科学；三种酒体型的确立与酱香型的命名成为茅台酒发展史上的里程碑，从而使茅台酒的传统工艺得到了进一步的继承和发展。"茅台酒人认识并掌握了勾兑酒的规律，从此，茅台酒的质量更加稳定，不断提高。

李兴发对茅台酒三种典型体划分后，是年通过国家轻工业部鉴定，权威专家们对这一研究成果给予高度评价，称之为"酿酒史上破天荒的创举"，"在白酒史上开辟了新的领域"。

1965年6月，《贵州日报》转刊了新华社题为《茅台酒质量进一步提高》的新闻报道。报道指出："工人出身的副厂长李兴发目前发现的调配（勾兑）方法调配酒，可以稳定地保持茅台酒特有香气和其他质量标准。"

《我们是如何勾酒的》

1965年底，在四川省召开的全国第一届名白酒技术协作会前夕，刚从大学毕业一年的生物工程技术人员季克良将代表茅台酒厂参加这次全国名白酒技术协作会。年轻的季克良找到李兴发，请李兴发向他详细口述茅台酒勾兑的情况，并整理成学术论文《我们是如何勾酒的》，以便向大会宣读。《中国贵州茅台酒厂有限责任公司志》里李兴发传记记载："1965 年底，在四川省泸州市召开的全国第一届名白酒技术协作会上，茅台酒厂代表宣读了季克良总结整理的《我们是如何勾酒的》论文，引起了大会强烈的反响和各厂家的高度重视。会后，各名白酒厂运用这一研究成果，根据各自的特点进行研究，在全国掀起了勾兑热潮。推动了各名白酒厂生产的发展和白酒质量的提高。明确划出酱香、浓香、米香、清香和其他香五大香型，奠定了中国五大香型白酒的格局。从此，全国评酒工作才有了比较科学而具体的分类评比标准。李兴发摸索出的勾兑技术，在为茅台酒厂立下了不可磨灭功劳的同时，也为全国白酒业的发展作出了一定贡献。"

李兴发一生钻研茅台酒生产、勾兑技术，成就卓著。他先后三次参加国家轻工业部和贵州省组建的"贵州茅台总结工作组""茅台酒试点委员会"，出色地完成了"茅台酒储存条件""储存中酒质量变化和勾兑的规律"等科研任务，被中国食品协会聘为酱香型酒顾问，1992 年起享受国务院政府特殊津贴。

一代宗师李兴发先生虽已离我们远去，他倾注一生心血的酱香白酒随着技术的进步反而渐添迷雾，但李兴发思想作为丰厚的财富永远地留给了后人。

李兴发的酱酒思想背后是中国酱酒文化

一个"酱"字穿越了千年来到现在，终于和"酒"结合在了一起，那么为什么李兴发要给"酱酒"命名为"酱酒"呢？酱酒也不是李兴发凭空想象的，在中国，酱酒的历史悠久，只是等待人们挖掘，等待智慧的思想将其吸收。李兴发有高超的技艺，有多年的经验，有着对茅台酒的忠诚和热爱，有着超出常人的惊人毅力，所以李兴发做到了，李兴发思想中充分融合了自古以来中国的酱酒文化。

还是在人生的早期，李兴发曾经接触的思想台酒厂，关于汉酱的传说，加上他在茅台酒厂勤奋的耕耘和探索，最终成就了"酱香""窖底香""醇甜"的命名。

时间拉回到20世纪60年代的茅台酒厂。当时，由李兴发带领的工作组，分析出了茅台酒的三种典型香气，分别是："酱香""窖底香""醇甜"。到了第三届全国评酒会(1979年)的时候，按照糖化发酵剂将白酒分为5种香型：酱香型、浓香型、清香型、米香型和其他香型，不属于前 4 种香型的白酒都统称为其他香型。中国白酒从此开始有了香型的划分，并确立了各香型的风格特点。由此，"酱"和"酒"跨越千年的爱恋终于"修成正果"。

第四章　思想是智慧、成果

思想是什么？思想是智慧、成果。他有着天才的火花！你知道这是什么意思吗？那就是勇敢开阔的思想和远大的眼光……他种下一棵树，就已经看见了千百年后结的果，已经憧憬到人类的幸福。这种人是少有的，要爱就爱这种人。茅台镇的人们明白，要爱，就爱李兴发这种人。

"整个藏酒库的酒他几乎都尝了个遍。一天到晚，见到他，不是在去仓库取酒的路上，就是拿着勾兑好的酒到处找人一起品评。"身边的人对李兴发这样"走火入魔的日常"印象深刻。20世纪60年代以后的茅台酒厂，产量虽然没有如今高，但是也相当可观。他把所有的酒都尝个遍，为的是不留一点死角，将全部味道了然于心。这也许就是大师"工匠"之心的坚持。

在茅台当地，千家万户以"烤酒"为营生，因此大家都知道，烤酒的人、勾兑的人、品酒的人，他们的生活并非如酒香般丰富。

为了保持感觉器官的灵敏，他们不能吃葱、姜、蒜等辛辣食物，不能吸烟，甚至在非工作时不能随意饮酒，还要早睡早起。"对女孩子来说，要与化妆品和香水告别了，那些气味会影响你的判断。"这在贵州大地，几乎是不可思议的坚持。

勾兑是酱酒风味的终极奥妙。在茅台镇，要说"一酒养千家"并不为过。除了紧跟茅台，小酒厂之间也形成了一个流通市场。由于勾酒需要不同年份、不同轮次的基酒，小酒厂之间可以互相串货。负责勾兑的品酒师也常服务于多家作坊，勾酒费用从每斤5分钱到5块钱不等。"即使一年卖不出酒，我们也不会死掉。"一位酒坊老板称。

如今，茅台镇上的酒厂和作坊至少有600余家，其中100余家手续齐全，其余手续不全的酒厂几乎都在2009年年初关掉，但茅台镇上有年头的酒窖可谓星罗棋布，是没有确切数字的。人们很难想象，在这4平方公里的山坳空间中，茅台酒厂与无数家小酒坊是以一种何等微妙和默契的共生关系相处着。据了解，茅台镇有两万多人，其中近一半人在茅台酒厂工作。还有一个不得不承认的原因是，茅台酒厂福利待遇好。很多居民一家几代都在酒厂工作，子承父业顶班进入。如今，与茅台毗邻而居的其他酒厂大多与茅台有或远或近的关系，他们或者是茅台员工家属办的，或者老板曾经就在茅台工作。着眼于个体，不说别家，就说李兴发这样在茅台酒厂有着重要地位的"老功臣"，他的一群子女，几乎都和茅台酒厂有着紧密的联系。他的几个女儿都供职于茅台酒厂，有做勾兑师的，有做品酒师的，有做包装的，也有做行政工作的。他一生都教导儿女要爱惜茅台酒、忠诚于国家、忠诚于茅台酒厂，要清白做人，钻研技术。

可以想象，将勾兑技术锻造到炉火纯青地步的大师李兴发，在茅台酒厂人眼中，在整个茅台镇人眼中，是怎样的存在，人们再怎么敬仰他都不为过。李兴发的酱酒思想曾经在关键时刻将茅台推上了历史的高阶，李兴发思想对茅台酒厂的影响至今依然巨大，以至于也影响了围在茅台周围的几百家酒作坊、大小酒厂。思想对客观现实的发展有强大的反作用，正确的思想一旦为群众所掌握，就会变成改造世界的巨大物质力量。在李兴发这里，这句话得到最生动的诠释。

多年后，人们怀念那个满手吊着酒壶子到存酒的仓库取酒来做研究的李兴发，更多时候是他活泼生动的形象，工作的艰辛自然不必说，但是人做着一生痴迷的事情时，一定难掩活泼快乐的气质。所以在大家眼中，作为晚辈，长辈李兴发的教诲，去除了教训的味道，却不乏教化的内容，大家跟着李兴发多年，可以在轻松愉快的氛围中感受李兴发思想的力量和智慧的熏陶。因此时至今日，贵州思想台作为珍宝，被他们呵护得非常好。

越来越多的人开始意识到，喝贵州思想台，喝的不仅仅是酒，喝的是思想，喝的是李兴发的酱酒思想。生活在当前社会，人们不缺少好酒一杯，人们缺少的是言行条理、思想深刻、胸怀全局、头脑灵活、满怀希望、精神丰富、品格坚毅、追求智慧、生活豁达……这些必需的精神品质贯穿了李兴发一生，成为李兴发一生思想智慧的结晶。

要爱，就爱李兴发这种人

李兴发对茅台的贡献还有很多，与其说是他对茅台忠诚，不如说他是对国家忠诚，对人民忠诚，他善良、求真的秉性驱使着他一生孜孜不倦求索真理，揭秘美酒的奥秘。

他曾经还发现八轮次酒的宝贵利用价值。李兴发一生挚爱茅台酒，始终刻苦钻研，持之以恒，夜以继日，孜孜以求，攻克了一个又一个难题。在继承传统工艺的基础上，提出了一个又一个创新的建议，如1967年提出利用蒸馏法间接取酒。特别是他对第八轮次酒的处理利用，为茅台酒的生产创造了更大的经济价值。

一般认为八轮次酒是最末轮次酒，质量不算好了，但他却有独到的见解。他说，如果把八轮次酒大胆利用起来，就知道茅台酒的自然高级香的来源。八轮次酒就是宝中宝，它的醇甜酱香味很浓。

他把八轮次酒和生沙酒接起来，做了无数次的实验。经过无数次的理化分析和感官品尝，要什么香、什么味，他都能利用八轮次酒和生沙酒来把它们一一勾兑出来。每次实验后的情况，他马上用文字记下来，最后总结出了八轮次酒的用途："八轮次酒的奥妙就是：能在一般高度酒中压制很多异味。在勾兑中就用它处理了甲醇、醋、杂醇油浓度。"实验成功后，他激动无比，将实验成功后的总结复印下来，交给技术人员每人一份。后来，厂里领导决定把八轮次酒烤出来，把生沙酒也接下来，充分发挥其应有的宝贵价值。

勾兑出与茅台"不分你我"的酱酒

茅台镇的酒和茅台究竟有什么区别？李兴发大师能够凭借他高超的勾兑和品评技术让两者没有区别。两杯酒在眼前，一般人都无法分辨出哪个是茅台原厂的茅台酒，哪一个是镇上自家作坊酿造的。

李兴发生前，早就能够熟练勾兑出和茅台风味相似的酒，一般人可能都分辨不出来。据其女婿（八女儿的丈夫）回忆，老爷子在世时，儿女住得也很近，尤其是退休之后，老人家有了更多时间在家，儿女经常到跟前团聚。饭桌上，喝的都是老爷子自己勾兑的酒，一点不比茅台酒逊色。有一回，家里来了重要客人，是省里的一位领导，专程来拜访老人家。当天招待客人，李兴发用的依然是自己勾兑的酒。这位客人多少也是喝过茅台的，当他知道自己喝到的这杯美酒竟然不是茅台酒时吃惊不已。此时，老爷子应该是最怡然自得的。他自己完全可以自立门户，另起炉灶做自己的酒。技术是王道，掌握了勾兑技术，简直就是掌握了茅台酒品质的关键"秘方"。然而，李兴发一生忠诚于茅台，他没有那样做，只是把勾兑的技术传给自己的弟子和儿女，希望继续为茅台奉献。

据统计资料，茅台镇酿造的酒，95%以上都是酱香型，大至茅台，小至无名作坊，都有着相似的酿造工艺，它们大体循着茅台酒的酿造程序进行。同一批原料要经过9次蒸煮、8次晾晒、加曲、上堆发酵、入池发酵、7次取酒的工艺流程。区别在于，茅台酒的功夫更深，技术拿捏得更准确，勾兑水平更佳，而且存放时间至少5年。只是在工艺把控的严谨程度上，在选材用材的把关上，以及酒师、酒窖，尤其是勾兑技术上，才是各家酒的风味和品质的真正区别所在。说到底，就是思想的区别。

茅台酱香酒的经典传承：
贵州思想台

贵州思想台，李兴发的思想酒，这是一杯茅台镇传奇酱酒所蕴含的酱香美学。除了茅台酒，贵州思想台是又一茅台镇地域酱香的典型代表，一直秉承正宗酱香传统工艺，和茅台一样秉承着"老厂长"李兴发大师的酱酒思想。

最难能可贵的是，贵州思想台是"酱香之父"李兴发的遗世之作，是他一生的思想总结。"贵州思想台"流传多年，终在他手里定型。

李兴发大师曾担任茅台副厂长兼总工程师长达31年，在茅台酒厂工作近半个世纪，是他经过无数次实验，才确定茅台的香型，并开启了茅台酱香品质的现代化之路。可以说，没有李兴发，茅台酒就可能不是现如今的样子，茅台酒也可能无法成为中国白酒第一梯队的老大哥。当李兴发大师将这几十年的酿酒生涯凝结为深厚的思想积淀后，便将贵州思想台酱酒定型。

众所周知，近几年，茅台的热度持续攀升，除了"飞天"等高端酒外，"酱香酒"已经异军突起，成为中高端白酒中的热销品类。

从 2016 年的扩容到 2019 年的规模化、高峰期，短短三四年的时间，酱酒热已经席卷全国。据相关资料统计，2019 年，酱香型白酒产能约 55 万升，完成销售收入 1 350 亿元左右，实现利润约 550 亿元。

巨大的市场下，许多酱香酒类产品如雨后春笋般问世，影响着整个白酒行业的格局，而在众多的酱香酒产品中，有一款产品脱颖而出，它就是"贵州思想台酱酒"。

"酱香之父"的集大成之作

李兴发大师在业界有着极高的知名度。早在 20 世纪 40 年代，他的师父郑义兴先后在成义、荣和、恒兴做过酒师，后来又进入茅台酒厂工作。1952 年，22 岁的李兴发进入茅台酒厂，并拜当时在茅台镇早已大名鼎鼎的郑义兴为师。

李兴发对酿酒技艺极有悟性，再加上很是勤奋刻苦，很快就掌握了一道道复杂的酿酒工艺。功夫不负有心人，短短几年的时间，他就被提拔为国营茅台酒厂的副厂长兼总工程师。此后，他对茅台酒质量的不稳定性进行反复实验,终于找到了白酒勾兑的规律,率先提出茅台酒香型划分理论依据,被国人尊称为"酱香之父"。

贵州思想台是李兴发智慧的结晶,是他思想的代表作,也是他的理论之源、实践之灯。他在家亲自酿造,不外售,只是自饮和招待至亲好友。

贵州思想台酱酒同样出产于茅台镇。无论是酒品品质还是酿造工艺等方面,都可以说和茅台同宗同源、同根同质。贵州思想台酿酒所用粮食全部是赤水河流域种植的红缨子糯高粱,所选用的大曲用的是出产于河南的冬小麦,并且全部是由人工踩制而成。酿酒用水更不用说了,全部来自水源地茅台镇赤水河——这里是茅台镇4平方公里中国酱香白酒的最核心产区,有全国酿酒最好的水源。

在酿制技艺上,贵州思想台酱酒用的是同样的茅台酒技艺,并严格按照"12987"技法酿制。该法以1年为一个生产周期,要经过2次投粮,9次蒸煮,8次加曲,7次取酒。从端午制曲到重阳下沙,贵州思想台酱酒正是严谨地遵照了这项传统酿酒技艺,使得酿成的酱酒酒体纯净,酒香饱满,口感层次丰富,回味悠长,实属酒中佳品。

除此外,贵州思想台酱酒更是与茅台文化同根。

20 世纪 40 年代，河运的兴起带动了茅台镇白酒业的兴旺。彼时，李兴发怀着对未来的憧憬在这些酒香浓郁的街巷间来回观望穿梭。当他后来在茅台酒厂专心酿酒时，这些热闹的茅台镇的酿酒景象已经深深地融入他的生活、记忆之中。

可以说，贵州思想台酱酒是李兴发大师一生酿酒生涯的思想总结，是他关于茅台酒滋味和独特历史记忆的沉淀和记录，更是酱香酒传承的杰出传奇。

贵州思想台：
君子有所取，有所不取

贵州思想台作为李兴发酱酒思想的结晶，其中的奥秘并不比茅台少。例如，坚持高温制曲科学用曲的李兴发酱酒思想。

早在 20 世纪 60 年代，李兴发在分管生产期间，对制大曲就有着严格的要求。他对员工们谆谆教导道：酿茅台酒的曲子，最根本的必须是高温制曲，每翻一次曲仓，仓内温度必须保持在 60 摄氏度以上。只有经过这样的高温，小麦皮才能产生酱巴曲。堆曲块时要多用老曲草，除仓底、仓面用它以外，在每层曲块间也要用老曲草。多用老曲草到折仓出来时的曲子香气好得多，制出来的酒香气才好。

李兴发从民国时期在华、王、赖三家酒厂做工，到新中国成立后在国营茅台酒厂工作，积累了几十年的酿酒经验，他对茅台酒的生产工艺和勾兑工艺太了解了，他写了很多好建议给厂领导。他说，茅台酒用的大曲是高温酱油味，它在下沙与高粱堆积发酵下窖 30 天后，又要糙沙。所以大曲要在升温至 60 摄氏度以上才翻第一次曲块；如果大曲在中温时就翻曲，尽管 1～5 轮次酒能高产，但这种酒数量虽大，却香味差。真正的自然茅酒香是：它们经过反复蒸馏，多次加曲，反复摊凉，反复堆积发酵，多次下窖，自然烤出来的，才是高级的茅台酒风格。而茅台酒的开瓶香和特殊风味的奥妙，是勾兑出来的。

因此，李兴发把茅台酒的操作工艺和勾兑工艺归纳出了六句话："高温制曲，存放干燥，高粱宜粗，生熟合糙，窖期宜长，勾兑巧妙。"和茅台酒一样，贵州思想台是得了李兴发酱酒思想的"高温制曲科学用曲"之灵魂和精髓的。

此外，有一段真实的小插曲，可以带我们了解李兴发在坚守传统工艺中如何"故意不"创新。听到这一段故事，笔者顿觉大师之仁心和可爱之处。

李兴发酿酒、勾酒，向来是坚持对传统工艺和现代酿造既注重创新又不忘坚守。每年的酿造轮次从下沙开始，他都再三强调，要发扬茅台酒的老风格，严格按传统工艺操作进行。下沙用的母糟必须是好的，上甑时数量要用足。传统操作要求水分不能太少，产的一轮次酒到盘勾时才不会酸，而且二次的糟子堆积发酵不用12天了，只能在7天左右。

他曾经有这样一个猜想：用100吨大罐或更大罐来进行勾兑，可减少工作量；把每个轮次酒组合进大罐后，看大罐里面差什么调味酒，就用什么样的酒加进去。那样勾兑出来的酒每一批下来都是一样的。但是他同时顾虑到，这种所谓创造性和科学的想法一旦实现，就必须要减少人力，很多人会因此失业，更关键的是，口感会稍次一些，于是他直接断了此念头，决口不提此事。

君子有所取，有所不取。这便是一代宗师人格的可爱、珍贵之处。时至今日，我们看到更多的是，传统并不全然代表着落后，传统也可以是"不忘初心"，也可以是"独守匠心"。贵州思想台如今以傲人姿态呈现在国人面前，足以说明，人们永远热爱伟大的传统，热爱伟大的思想。

思想的力量开辟酱酒新时代

"去问开化的大地,去问解冻的河流。"1980年,诗人艾青借用春天万物复萌,说明"解放了的思想"所造就的时代洪流。

今天,世界各地的人们依然会不断探访贵州大地,来到茅台这个古老的酒香大镇,感受酱酒思想的磅礴之力。回首李兴发的一生,我们能够清晰地看到并理解李兴发酱香思想的几个维度。

李兴发的酱酒思想,曾经不止一次地强力推进茅台日益走进中国白酒市场的舞台中央,茅台酒不断为贵州人民作出更大贡献。李兴发酱酒思想的现实意义,在于打开了茅台镇酱酒的更多可能性,为解决一个产酒大镇不断面临的问题不断贡献无限的智慧和具体的方案。

国酒茅台有许多举世瞩目的高光时刻,尤其是酱香茅酒的精彩自开启以来,就从未落幕。向往茅台的人们发现,像李兴发这样珍贵的几位元老级大师,他们的一生经历,他们的思想智慧,成为人们了解神秘茅台的"强有力读本"。

站在新的历史起点,就让我们沿着这几个维度,追寻思想的火炬如何照亮当地人从深山里的贫苦生活走向富强的历程,感受李兴发酱香思想的光芒如何产生改变茅台的力量。

在他之前的几十年里，没有人像他一样废寝忘食地进行着全中国"最有勇气"的美酒探索，以"令人难以置信"的成功，写下了一代宗师的责任担当。

20 年前，这个创造"酿造史上破天荒的创举"的大师，他晚年的智慧精华，都荟萃在了贵州思想台中，在中国大地继续取得举世瞩目的成就。

如今，贵州思想台一定会像李兴发大师一生的行动一样，以巨大勇气、巨大智慧和巨大力量，推动酱酒进入新时代。

从历史的山巅回望，若干年后，人们会更加清晰地看到，被人们写入茅台历史的那些成绩，有许许多多正是源于李兴发"点亮酱酒"的思想光芒。

德国诗人海涅曾写道："思想走在行动之前，就像闪电走在雷鸣之前一样。"虽然直到贵州思想台定型，李兴发的酱香思想才重新被正式提出，但其思想的科学内容、深刻内涵，早已写在广袤的茅台大地上，成为熊熊燃烧的火炬，照耀着茅台人民在酱酒世界中创造性的探索实践。

对于李兴发几十年如一日的钻研和追寻，最生动的视角，还是来自他的晚辈，包括女儿李明英，徒弟吕云怀、彭英等人。追忆大师，他们富有历史感的审视：酱香的命名，以惊人的速度改变了茅台；眼下，酱酒新时代，"不是正在显现，而是已经到来"。

李兴发在后来的回忆中谈到，在三百梯第一次尝的酒是轮子酒刚烤出来，发热、燥辣、烧喉咙、余香不足，属一般酒。而印象最深的要数成义或荣和出的"开庚酒"。这是一种人逢喜事，求生庚八字时送礼的酒，是上乘好酒。可即便是开庚酒，品质也很不稳定。一家与一家，一时与一时，一坛与一坛不尽相同。毕竟那时的茅台酱酒全凭酒师们的味感和经验，并无统一标准。而这一亘古未解的难题，恰恰为李兴发大师所解，成就了他的大师传奇。

犹记当年，许多人的预期并不乐观。在这样一个破旧立新、世代交替的"艰难时刻"，所有人都在观望，茅台人该如何在历史的又一个转折关头走向自己的梦想？作为技术副厂长的李兴发深知，要保证酱酒的品质，决不能盲目增加参差不齐的原料，决不能减少传统工艺流程，决不能缩短必要的酿造和贮存时间。他凭着酒师的敏锐和匠人之专注、恭谦，集中精力寻求酱酒勾兑技艺的突破。

20世纪50年代末期的茅台酒厂，经过合并成立以来不足十个年头，被寄予厚望。当时年轻的李兴发，甚至还没有30岁，接过茅台副厂长的担子，负责技术问题。这样重要的责任，恐怕常人无法想象,踌躇满志的李兴发却因受到巨大的鼓舞而兴奋不已,虽然眼前着着实实面临着各种艰难。

当时,茅台酒厂出厂酒的勾兑仍固守一贯的传统方法。大酒坛勾小酒坛,酒龄长的勾酒龄短的,勾兑工艺全凭勾兑师的师承经验与自我感觉。而每个酒师的经验积累和感觉又有不同,因而生产出来的成品酒存在着不同的味型风格。在此情况下,寻找到一个统一的标准稳定生产质量,成为这一时期茅台发展首先要解决的时代命题。

当时的茅台,如何向前走?如何"改造"这样一个酒厂?马克思说过,人们自己创造自己的历史。但是他们并不是随心所欲地创造,而是在直接碰到的、既定的、从过去承继下来的条件下创造的。李兴发和同志们一起"接手"的茅台,仿佛是航船再度扬帆起航,继承的不仅是三家酒坊百年历史的沿袭和成果,还有累积下的"合并起来以后的问题",更有"诸多矛盾叠加、风险隐患增多的严峻挑战"。

李兴发凭着坚韧不拔的意志,采集了200多个酒样,足迹遍及茅台镇的每个角落,亲口品尝了4 500多个不断盘勾出的酒样。他尝尽了无数的酒味,分析了近万个数据。据《中国贵州茅台酒厂有限责任公司志》记载,最多的一天,李兴发尝取了800多坛酒,眼睛熬红了，茶饭不思，舌头除了对酒的味觉，其他感觉都没有了。

"河出潼关，因有太华抵抗，而水力益增其奔猛；风回三峡，因有巫山为隔，而风力益增其怒号"，"惟其艰难，才更显勇毅；惟其笃行，才弥足珍贵"。面对酒厂效益下行压力和传统勾兑办法对酒的品质提升并无确切保证，面对厂里一些人为了追求出酒量而想要稍微放松对酒品质的要求时，李兴发坚决反对，并以强大的魄力和定力推行严格的标准，在波澜不惊中实现了茅台酒品质和产量的双提升。

近乎无情的茅台酒质量把关人

在茅台酒厂，人们印象中当上了副厂长的李兴发顺势就化身为"毫无余地的质量关口"。

那时，李兴发分管茅台酒的生产，对茅台酒生产、勾兑、包装、销售等各个环节的质量把关严格要求，毫无余地，始终如一。有一次，包装车间包装了一批茅台酒，有 5 000 多瓶，样检中发现有一瓶酒内有杂质。检验员请示时任技术副厂长的李兴发。李兴发立即打电话给厂党委书记兼厂长邹开良，请他马上到现场来。邹开良说："我们的方针是'数量服从质量，效益服从质量'。"

李兴发果断地说："不管损失有多大，都必须返工重装，要认真吸取这次事故的教训！"有一年下沙时，李兴发在车间检查下沙质量，发现原料高粱有少数是不成熟的颗粒，他当即用报纸包了一包去供销科，严肃批评了供销科的负责人，还在大会上明确表示："这部分高粱不能用，坚决退回到粮食部门。"

在茅台酒的出厂上，李兴发严格强调："新酒必须坚持存放（盘勾在内）三年才正规勾兑。勾兑好后存放一年半才能取样品尝。按标准取样品尝，合格的才发包装车间包装，不合格的再存到合格才能出厂。"

李兴发曾经发表过这样的讲话：茅台酒堪称中华民族的瑰宝，是其生产工艺独特、多次发酵、多次蒸烤和长期贮存的结果，如果茅台人坚守不好传统工艺，茅台酒就达不到至高无上的境界。这也被后来的科学证明。2000年10月10日，陕西咸阳第四届国际酒文化学术研讨会公布，在纳米图谱中，其他香型名酒的微观图像虽是各具特色，但总体上看均显得松散零乱和不规则，唯独茅台酒的纳米图像微粒建构完美而艳丽，并且成图建构比其他酒都大。这是因为茅台酒的生产工艺独特，又经多次发酵、多次蒸烤和长期贮存后，其液态分子结构紧密而完整所致。

要保证品质!近年来中国白酒行业,由于不同原因,多次出现市场持续低迷波动,贵州酒、茅台酒,尤其是茅台酱酒凭借出色的品质脱颖而出,一枝独秀,最终成为行业的"经济引擎"。

第五章　思想是传承、发扬

　　思想是什么？思想是传承、发扬。李兴发一生一世忠于茅台酒，挚爱茅台酒，淡薄名利，廉洁自律，克己奉公，不为厚禄高薪所诱惑。他坚持认为，培养人才是国酒茅台的希望，于是慷慨地向徒弟们授之以渔，教给他们技艺，教导他们忠诚奉献于茅台酒厂，更教导他们堂堂正正做人。

　　贵州思想台，是继茅台之后，李兴发酱香思想的伟大新征程。从现在起，思想的火焰将绽放更耀眼的光芒，照亮茅台酱酒大踏步前进的坚实步履，照亮人们更为美好、更值得期待的明天。

李兴发是高薪请不动的"茅台人"

　　一生大半辈子一间茅草屋就住了，却安然自得。在那生活很艰苦的年月，李兴发在政策允许的条件下，不管去地方国营酒厂，或是哪家私营酒厂，抑或是大集体酒厂做勾兑技术指导，不但从没有收过他们一分钱，而且还无私地给他们进行勾兑技术指导，挽回了地方酒业不少经济损失。可以说，如今，这世上每一瓶酱酒都少不了李兴发酱酒思想的影响，只是贵州思想台作为李兴发酱酒思想的集大成作，在各家酱酒中"名最正，言最顺"而已。

据家人回忆，早在1983年，郎酒厂厂长亲自来李家，请李兴发到他们酒厂，每月最少开出5 000元工资。在30多年前，茅台酒厂的邹开良书记都只有几百元工资。这薪酬可以说是"天文数字"！还有更诱人的：子女长大成人后保进郎酒厂上班。李兴发听了后想都没有想，随口就回绝了！当时，孩子年幼，并不能理解父亲这样做的原因。都抱怨说，父亲真是"太憨了"！这简直是天大的好事，为什么要拒绝呢?

后来李兴发经常用这件事教育子女，说茅台酒是他呕心沥血建立起来的，不能为了自己能拿很高的薪酬，就把一生用心血研究的成果去给别的厂做，这样做，就太对不起茅台酒厂了！每一个茅台酒厂的人，在任何情况下，都不能做有损于茅台酒厂利益的事！李兴发的人格境界是何等的伟大和崇高！

李兴发哪里也不去，就留下来，培养了一批技艺传承者。为使茅台酒勾兑事业后继有人，李兴发尤其重视培养人才，为茅台酒厂培养了一批又一批的酿酒、勾兑技术人才。他总是用那诲人不倦的爱，悉心教导他的弟子们，当看到他们用精湛的工艺支撑起茅台酒这座大厦时，他所有的付出都得到了最好的回报——如今他们已经成为酿造茅台的顶梁柱。

退休后的李兴发：
爱告状的"大喇叭"

在徒弟吕云怀眼中，师父李兴发像个"老小孩"，笔者在和他交流的全程，注意到将与师父李兴发相处的日子娓娓道来时，年事已高的他笑得很开心，笔者认为那确实是一段快乐的时光。

白天的时候李兴发总是跑来跑去的，十个手指上挂满了竹子编的酒瓶兜子——那是他从酒窖打回来的酒，有多少种数不过来——乐呵呵地直奔他的"实验室"去了。说是"实验室"，其实就是他的办公室。这里摆满了茅台酒样品，每一样都会被他反复品尝、比较、做上笔记。这就是他的日常。路上碰到人他就开开心心地打招呼，人们白天见到他时，大多都更加羡慕他的工作，那一定是一份不错的差事，这位老人干得有声有色、乐此不疲，一定是好差事！

如果人们在夜里能跑去他的办公室瞧上一眼，也许会有截然不同的想法。因为，夜里的李兴发，工作往往不知不觉就熬到了后半夜去，深更半夜还一个人窝在办公室咂摸酒的滋味。之所以能探寻出茅台酒的奥秘，那是数百上千个夜晚漫长战斗的结果，这一定是一份"苦"差事，不会有人羡慕他的差事了。

"老小孩"发脾气的时候可真是不好"哄"。退休之后，李兴发依然是大家时刻惦念的老厂长，不仅因为过去他对茅台酒厂作出诸多显著的贡献，还在于，茅台当下以及未来的道路，大家都还等着老厂长给点拨一番。

李兴发"一语千金"，此话毫不夸张。至少在徒弟这里，师父的话是百分之百管用的。一来，贵州这个地方，历来有尊师重道的传统，师父就是和父母一样分量重的人。

在他退居"二线"的日子里，厂子里关于技术方面的事项，是一定要由主管生产和技术的副厂长到李兴发老厂长那里"取经"的。有的时候，年轻人难免急功近利，做事欠考虑，一些做法从长远来看可能会影响到茅台酒的品质，进而影响茅台的声誉。这是李兴发无法忍受的，平时随和又慈祥的他，在这样的关头，仿佛换了一副面孔，那是一副怒气冲天的面孔。

这些天天就知道和酒"混"在一起的老伙计们，他们年岁比老厂长小一些,在他们眼中,退休的老厂长是他们最值得信赖的"老领导",于是,但凡有一点点"不良"之风,消息很快就传到老厂长这里。是老厂长自己专门特别留意盯着彼时酒厂的风吹草动,还是人们就只认准了老厂长能够主持公道?如今已经不得而知。可以肯定的是,当时老厂长自己也是"告状人",厂里面谁要是有歪心思,老厂长的告状信很快就会送到市政府领导那里去。这样说来,老厂长才是"告状"头子。也不怪消息都会跑进他的耳朵,因为时间久了,人们也都体会到了,老厂长不仅"耳聪目明",嗓子也好,也是敢于讲真话的"大喇叭"!

父亲李兴发

分别与李兴发的几个女儿深聊之后,笔者感觉到她们眼中的父亲李兴发完全就不是同一个人,但又完全就是一个人。

在几个女儿眼中,父亲痴迷于追寻茅台酒的奥秘,她们每个人都以父亲为荣,她们个个都斩钉截铁地称,父亲的一生都贡献给了茅台酒厂。

八姐属于温柔寡言的女人。她虽然在如今的几个女儿中年龄最长,却是最接近小女孩的状态。在交流中,她保持着小女孩的天真，不对是非好坏做任何评价，她只是在简单回忆和父亲相处的时间及过程中满足地笑。她不断强调父亲的教导：不要拿国家一分一毫，要清清白白做人。八姐从茅台酒厂后勤退休，工作内容主要是一些行政事项，后来转为品酒师。生产出来的茅台酒，首先要从八姐这样的人这里接受"审查"。保持着和父亲一样朴素的生活原则的八姐，如今是状态最轻松的，大家评价说，八姐很有福。

八姐的福气，也是她的脾气。在交流中，八姐的丈夫也在，他相对健谈，有些"反客为主"。后来笔者察觉，他也并非是客。作为李兴发的女婿，据他的描述和大家的讲述，他应该是李兴发最"亲密"的女婿。如果不是，至少也是相处时间最长的女婿。李兴发与世长辞的那一刻，是在茅台酒厂医院，就是在这个女婿的怀抱里安眠过世的。

回忆起当时的场景，他依旧感觉"惊心动魄"。那是2000年夏天，当时一接到电话他就往老爷子家里赶。八姐一家离老爷子住所并不远，女婿也喜欢和敬重老丈人，来来去去很频繁，平时就是散个步的距离。但是当天，那段距离变得比往日远，走得怎么那么艰难，终于上楼背着老爷子下来，马不停蹄就往医院赶。浑身冒着大汗，心里又无比紧张，去酒厂医院的路也比往日难走，明明赶得很着急，还是觉得太慢太慢。是太慢了，最终还是没有留住老丈人。

如果说，女儿对父亲的尊重，是血浓于水的亲情纽带加上含辛茹苦的养育之恩，那么女婿对老丈人的尊重呢，这里面一定是有被认可和被赏识的感激。他的这位老丈人，可不是一般人，是李兴发，一个响当当的名字。

在他还在和李兴发女儿"耍朋友"的时期，李兴发已经是当地乃至整个贵州地区响当当的人物。尤其在当地仁怀县城，整个县城人的命运由茅台酒的"出圈"跟着"鸡犬升天"。李兴发对茅台酒作出这么多重要贡献，一定是妇孺皆知。

在女婿的讲述中，从最初上门拜访的日子开始，老丈人在他的心中就仿佛是一座巍峨的大山。那是省里来的大领导要亲自登门拜访的人，那是大家有口皆碑的茅台酒厂厂长。在随后相处的日子里，女婿心目中老丈人的模样，高大还是那样的高大，就是有了更加精细的刻画。毕竟是可以坐在一张桌子上喝酒的了。

秉承着"不拿国家一分一毫，清清白白做人"的原则，李兴发的家里不会出现茅台酒厂的酒；他自己招待客人，自己喝，从来也不曾有茅台酒。讲真话，茅台酒无论是在过去还是现在，都是"奢侈品"。

那么喝什么呢?

那就是李兴发自己定型的思想台,在取材、酿造上,肯定都不如茅台,在把一件事做接近完美的程度上,实力确实不敌茅台。但是到了李兴发手中,传承千年的思想台,还能变个身,变了身之后,自有了自己独特的风味。相较于茅台,思想台并非有多差。在一些人看来,"比茅台都好喝"!

思想台,据说味道也颇为独特,比如女婿对老丈人李兴发研制的酒印象就很深刻。

只是遗憾,如今再也不能品尝到真正的由李兴发大师亲自勾兑的酱酒。如果要在现如今得到大师的一丝慰藉,但愿承载了李兴发大师酱酒思想的贵州思想台可以做到吧。

在孩子们心目中的父亲李兴发,在徒弟记忆里的师父李兴发,他也许有些不同,但不能掩饰的是他一贯的寓理于事的言行方式融入了他对于儿徒的教育理念。是严厉的还是和蔼的?这并不能简单用工作和生活来界定。

在生活中,孩子们犯错了他是一定要变得"严厉",但是这一点并不会影响他常常给孩子们做早餐的温情。在面对面采访了李兴发的几个女儿、徒弟以及女婿等李兴发生前的亲近人员,加上翻阅大量有关纪实材料后,笔者虽颇感意外,但也觉得是意料之中。李兴发仅仅是小学文凭，但是在思想方面，他有着深厚的学养，这为他研究和思考酱酒提供了坚实的背景，贵州思想台的定型便是明证。

下篇

酱酒的思想（101 首）

"酱香之父"的早晨

早晨已命中注定一生的香

酱香泄露或绽放成一生的高峰

　"酱香之父"的早晨，早已凭思想铸成传奇

早晨，酿了饱满的谷穗及它一生的智慧

流向远方恰如麻般的阳光

　　含情脉脉的香，是太多人的仰望

亲切每一行酿成思想的香

安静的，如此美好

恩典

李兴发每天跋涉在茅台镇的泥泞里

深山的歌唱涂满着代表作的油画

    只是运河，濒临灭亡的经典

李兴发热爱阳光、寓言与舞蹈

    热爱酿造、家园与光芒

他的一生献给茅台，及思想台

打开国酒坛的源头

    是思想的荣耀，拯救了一切的交际

每个人的夜、火焰与红色的恩典

芽

享受潜伏的激情需要运气

芽的说明书没有任何节奏

李兴发点燃着越来越绿的诞生

赞叹培养的身体光洁如玉（从不生锈）

生命的蔓延是酱香的度数

李兴发思想安置在上天的怀里

喜欢什么就能蔓延是思想的本质

释放出爱，以及爱在峭壁长出的芽

一饮而尽的思想

六月的风迎来醉酒的光

酱香的邮件触摸天地之灵

滑过耐心，滑过征程上的知音

对视酱香，延伸家园上的行踪

李兴发思想是一年又一年的米饭

饱满的静谧潋滟成美景的粮食

光芒的兄弟，把不需描述的词语一饮而尽

比如

酱香的河流是李兴发的太阳

　　光芒，他一生的力量与词语

一次又一次弯下腰成为父亲

一日又一日的爱情依然清新

李兴发期待的秘密敲开了每个人的思想

比如订婚，比如财富，比如阶梯

李兴发依然打开每天的勤劳

如太阳的光芒默默地飞舞

酱香的思想

李兴发朝着源头的方向，茅台的早晨

他步履蹒跚，最终累倒

酱香从来没有停滞，延续着他的光辉

李兴发的命运守望别人的飞翔

恰如大地的回响与心跳

李兴发只是留下了酱香的思想

等待

望向语言的祈愿

　　安静的酱香，不甘寂寞的河面

天籁之音的酱香

让人心疼的冷静

衡量一个虔诚的价值（而非包装）

衡量一个价值用思想（而非传说）

酱香默默地等待

属于自己的辉煌

人间食粮的花朵

李兴发向往狂风的茅台

旋山而舞，向上，而让酱香传播

此时山的另一边是群山的鼓掌让风传递

李兴发，酱香的主人

他的细节、追赶、呼喊不顾果实

追求极致之香而无毒性

不息的醇香，飞翔的醉

　　人间食粮的花朵

花开迷人：音符的光泽永远热烈

纯净

愈酱愈香的李兴发思想台涂染更多的过客

　　没有理由的烙印

一片又一片穿梭的温暖

一天又一天快乐的歌谣

李兴发思想台，只不过绽放的一泓纯净

　　让所有笑，成为一生的必要

家园

思想围绕一瓶源头的酱香兴奋

如燃香来自上古的奇迹

猝不及防的美，却让四周沉默

弥漫成群的香，已使所有人没了警惕

没有过错，只有深挖

没有沉重，只有梦话

不用抵抗，让一切快乐连成家园

天赋

天赋的彼岸，李兴发的思想

一如上帝给的食粮永远无法吹散

一个季节的词语，浪漫的书

密密麻麻的兴奋无须修饰

带着茅香的呼吸与脚印

带着天赋

人间的食粮照耀此生

固体的姿态

以思想者的姿势

李兴发，只不过把泥泞用香铺平

他也有喘气的片刻

他的内心一直在写诗，写诗

李兴发打磨着人间的石头

他选择了生命的疲惫

只不过人生是一种姿势，无意成为仰视的

固体的姿态

照耀

微笑溢于苍老的沟壑

李兴发有一个信念在前方照耀

　　他选择了行走与一日一日的折磨

　　他不顾天空中一直在经过的云

他一日日地勾调，一日日地晨读

飘过茅台镇的山，不顾自己多年的情感

李兴发，定义经典

李兴发没有一刻的停歇，无尽的风雨

寻找豁口，寻找驻留的光阴

寻找，然后捕捉，不顾早晨的露珠

在沉默中耕耘，耐心的秋千（一日一日地来来回回）

有时飞翔，有时花落

忽然，李兴发捕捉了香气堆成泰山

　　他在山顶只有用脸贴近石头

李兴发，定义标准

谈笑风生的李兴发，幕后有无数多余的力量
　　一种自然的豪性，笑看日子滚过的有序

　　无数次的勾勾调调，用心血一直贯穿
　　无数次的修修改改，让文字一直生长

李兴发，一种思想的传承
　　不顾时光飞逝而闪烁

李兴发，一种迷人的魅力
　　不顾地理空间而飘荡

定义标准，只是 53° 的态度

拂晓

光芒的赤水，流过一日日的灵魂

土在其中，在脚下，在生生不息的档案中

无意走向星星的预言

李兴发的永恒在于断崖边上从无恐惧

用眼睛，用仁慈，用安详

李兴发用时间见证

悬在上空的拂晓终要辉煌

李兴发的两个高峰

一步一个台阶的"酱香之父"，没有任何的"垂帘听政"

李兴发一生的心血与耕耘

晚年集一生的智慧结晶：贵州思想台

是力量迸发出的珠穆朗玛峰

高峰对视，构成所有人的奇观

向上，攀登用一日，一餐，一生

李兴发一生的两个高峰

是结果，是占领，是光芒的日月永恒

高度

风，刮走了温暖与词汇

风，沉淀了石头与思想

独自享受的古老石头

独处高处，占领一个又一个高度

高度比高山要高，比月亮要亮

高度不会随风而散

李兴发的高度，一场思想高度的盛宴

定格

喝醉酒的影子不用加班

不须沉默，只须证明 53° 的光芒

锋芒花开。锋芒花落

完成了一场相信的征程

　　不用改变翅膀的方向

　　不用遮挡眼睛的雕刻

李兴发：用贵州思想台定格一切

流淌

不必在意一棵大树开出了野花

不必在意大海与溪流的争吵

李兴发思想的明亮

　　注定鹤立酱香

　　注定不可思议

李兴发只能用翅膀去无穷地征服

李兴发只能用思想涂染日月

日子没有叹息

　　只有一杯又一杯地流过

守望

三五成群的酱香一片锦绣

　　进入梦乡，远离家乡的泥土

一片思想的传说与美颜

李兴发走过的一生的春天

　　即使没有发芽的酒糟

　　即使没有开花的砂砾

李兴发用思想依然凝望

一个又一个升华的中心

思想，一个村庄炊烟的守望

开启

春天不需纳凉

笑靥扑眼却是，果园是花

李兴发看着连绵的花

酣畅淋漓的柔美的旋律

让他舞起了斧子与青春

一眼看不到边的注定

碰杯是别人用大鱼大肉陪衬的必须

他丝毫不用担心

不慌不忙一心一意开启酱香之旅

只需

有本质的酱味脱离云烟

指尖原谅了下降的月光

涟漪走过，琵琶涌来

酱香的一叶扁舟没有停留

思想的玫瑰完成了自己的使命

卸下温饱的厮杀

只需一点点酱香，一点点思想

第二天全是灿烂的幸福

经典

茅台镇的酱，一种降生的痛快

留下味道，留下辽阔一生的翅膀

完整无缺的酱香与快乐

像找到怀抱的幸福

他规划后的命运从此错综复杂

风华正茂的高粱

干净的诗和辽阔的香气

把李兴发收割后的秋天珍藏

属于灵魂的思想台，经典留给未来

使命

花朵不必是丝绸的珍藏

一年一次，绽放相同的迷人

而酱香，一种香气却是一生一次的机会

　　藏了 5 年、10 年、15 年，才有机会释放成图腾

写下眷恋与容颜

打破感情的训诫

　　温暖身体与内心

远远不止 15 年的感情

　　它的遗言从未忘记使命

十月的思想

酱香十月的憧憬是欢乐的肌肉

完好无损的幸福即将迈向家的方向

酱香即将成为大户人家

一大片的地毯是李兴发一生的编织

思想，方格字的繁荣

如河流的呼吸，茅台镇的十月从无冰块

十月的繁荣不愿迷人，来年的思想挂满枝头

思想台的经典

酱香的滚滚力量是诗书的驱动

李兴发的里程静静流过一生

此时的思想之酱宽阔而忙碌

它们的归宿是每一声尖叫和欢乐的记录

静穆的思想台，真正意义上的《说文解字》

思想台的经典，李兴发费解的姿势，一世的字典

一杯又一杯，耐心而迷人，智慧而滋润

悠扬

严格意义上的酱香来自命运的信仰

不顾一切的延伸没有任何倦怠

翩翩起舞的思想之酱

穿越四季的信仰之源

为一种悠扬穷尽往事

来来往往，李兴发的安稳

怎么也不会抹去，浩荡无痕的欢乐会是酱香

选择

选择五光十色的血肉

史前的酱香一次又一次地冲刷

堆成意志，李兴发的起源

完成文字，和李兴发走过的路

　　赞叹东方的故道

　　照亮所有需要抚摸的心情

思想轻轻滑过，酱香了无痕迹

心旷神怡的选择从来洁白

圣贤

思想的深处，成为神话的香

不让供奉而日夜写作史诗十四行

隐隐感到，一条宫殿的通道

让思想的王如此流畅，李兴发从无野心

他只有一生最后的通道，从茅台到思想台

赞扬一个神话的秘密

强调青翠欲滴的酱酒的延伸

一瓶安静的思想台就是圣贤

思想，只是屹立于一个宫殿上的圣贤

源头的酱香

东方的玛瑙，不吵闹的酱香

欣赏一个又一个思想的附合、争辩

没有失误。李兴发一生的测量

中国酱香之父。分量的香气巍然屹立

酱香走过树林。栋梁的林

触手可摸的思想源源流出

思想之台，源头的酱香，无论如何也不能被它抛弃

香的使命

攒足的分量。坚硬的思想

走向沙漠走向光明的每一个使者

传递幸福。挺拔的美好

　　澄明的香是一种鹅毛的致敬

情意很重。树根相连。惊起

　　友情的波浪

花朵的力气，使命的使命，一场又一场

　　思想如此荡漾，抚平人间的沧桑

绝唱

造访的思想，一场绝唱似的

打鸣。流过的酱香，昨晚的

礼物。保存着真挚

伸手向天。今天依然陪同浓郁的

思想。他的胸膛装满

山峦。有虫鸣，有大鸟，从不

四面逃散

酱香，思想的香

他从远方来，顶天立地的大河

绝唱。

一代一代唱了下去

魅力

交换快乐的思想

酱香的风。不顾叫喊的溢出

呼唤一个方向的品尝

李兴发的努力。南方的漫天酱味及蒸气

不曾描述中国酱香之父率领的大军

即使一人作战。他可以让日落如白昼

酱香，以思想的占据迸发魅力，不可抵抗

迎接

稠密的庄稼导致的酱香

缕缕。漫步细雨的茅台镇迷失了方向

香，一种沉醉的物质

忘记山河与身边的美人

李兴发的思想台，雕刻往昔的思想

　　庄稼丰盛，江山延绵

我们排队，迎接思想的洗礼

照亮

李兴发不写诗歌，却有人说他写出了茅台的史诗
照亮每个餐桌，一排排庄稼的展览

一座座山，一瓶一瓶酱香的标本
排序而列，香气四溢

李兴发退休了，他的思想成了珍珠
　　思想台，史诗的重量

无法平静，去传承，他迈开步，用思想照亮
　　每一颗裹着的心

归宿（一）

呼唤明镜的酱香，李兴发每日的全部

月光下的谷粒不属于必过的桥，他选择包容

不要恒久的诺言，拥抱每日的汗水

记录思想经过的沟壑

李兴发想象，一双翅膀的灿烂

他经过的足迹长满酱香

　　只是归宿，他努力让诗歌真实存在。力大无比

归宿（二）

苍劲的梦，赶不走的广大

睁开多少思想的眼睛，赤裸的心

老牛拉了一车的思想，它的劳动不用鞭驱

启迪优雅的饱满，一个细节的颜料

香。剥落花开的酱香。如思想

没有尽头

承受重量的梦。思想台的传记

　　已有永久的归宿

完成

旋律的细语似攀岩前的哲思

抚摸沙滩的神，思想扑来又扑去

李兴发的主旋律。学问的唐诗

多少落日多少金戈多少文成公主的盼

而成就一代大师中国酱香之父，思想的忠贞

思想的照耀

光芒。铺就旋律重新孕育

思想台，一种千斤的沉默

　　一张袅袅的国画

莽莽苍苍的蔓延需要描绘

唐诗

只有新的唐诗

一代大师李兴发完成

每日的爱

留住挣扎的依然升腾的飞翔

用尽一个中年人的力气：入心，入骨

每日的爱，思想台的单一

一种沉溺，一种国画的每日滋润

像晋人的放纵，唐人的山水，宋人的儒雅

思想台，它骨子里充满坚强

深入内心，不用节奏

　　一种钢铁般的温柔

思想台，宫殿

香溢，一个正义的弥漫

不需沙漠，不需大海

它的前进如日出日落，掏尽心事

思想的著书立说。一种香型的沸腾

不需赞扬。不需傲然

它的莲花开放依旧

一个又一个香型已经过去

思想台酱香如标本长存而挺

不要说什么，它在流淌

不争辩什么，它是宫殿

诗行

家园的怀念只是一杯思想台

一杯相思的台，一杯微笑的酱

它的好闻、好喝，是"酱香之父"一生的表达

表达成一首诗，可以流传的现实

思无邪，《诗经》一首一首追求的香

是此时此刻品尝的酱。一个老人的智慧守望

家园，腾空的图腾，涂上思想的诗行

他，就是思想台

光明的思想台，一个宗教的内核

　　一个世纪老人李兴发的高峰，每一个台阶

全是甲骨文的丰富

千年的延伸，一个退休老人最后的辉煌

让千年的血管贯通，更畅，更甜

一代代的河，流到每个餐桌，滋养每个空白的人

他，就是思想台

一种使命，一种永不停歇，一种永恒的图腾

记录

结局的承诺，不是轰动

耐心从美好出发。不止一次的沸腾

酱香是运动，一种时光的重组

没有劳顿，和没有吭哧吭哧的喘息

思想台是每一场记录

　　延续世界，长满文化，形成历史

思想台，无穷无尽的覆盖，浓浓的不散的

　　阳光灿烂。生命的光

博物馆

思想飘零后，艄公不知方向地努力

如夏天还是茂盛的木，它只有在《诗经》中才能找到思想

思想台呢，是坚强的高原，是光芒的词语

穿越中年人的胃，一口气地奋斗而不停息

"酱香之父"李兴发，我们共同怀念的诗

他一生的大地被不停翻开

思想台的威望，一个老人的博物馆

教 化

高粱的世界，完整的来来往往
　　它的存在让等待长满期待

究竟要发生什么，一场雪花更适合思想台
走向远方。在前方，会是合拍的击打

走过厚厚的面具被思想台教化
穿长长的钢铁被酱香融化

手舞足蹈起来。多彩的生活亮如白昼

复制

骄傲的雪白的思想

不是一切实验，也不是一个愚公所能到达的

　　境界。唯有他。和年龄无关

李兴发以正直，以跋涉，从童年走到老年

把思想结晶，把智慧升华

李兴发用一种细。精雕细刻。精耕细作

深深感动自己后的复制

血液也能点燃，一个"酱香之父"的然后

　　没有低谷，没有缝补

深厚

相遇，新鲜的舒适的思想台

　　一场债务的及时偿还

世界的光全部返回。不是徒劳

思想台是思。一个点亮的解冻

　　一个容颜的持久

像挂钟，每日不厌的、及时的默许

思想台是想，一场友情的闪亮

　　接受利器为拐杖

　　容纳黑暗为睡眠

思想台：花纹的眼睛。深厚的爱

本质

枝头挂上的仙境，一场生长的梦

守候思想，守候中国酱香之父的香

　　他们的宫殿是人间的灯火

以怎样的方式，大家相聚，热烈

不顾别人的心醉

自言自语。一切思想的高处

　　李兴发的孩子，作品的流传

贵州思想台，一场千年的文化，总有一席之地

　　毫无裂痕。闪闪的本质

只有灵魂知道

一杯思想酒的孕育需要多长时间？

　　千年

一杯思想酱完成需要多长时间？

　　70 年

中国酱香之父的作业，著书

一页又一页，一本又一本

李兴发不折不扣的飞翔

招来太多花朵香气的汇聚

　　只有灵魂知道

思想台，最显著的席位

用思想证明价值

穿过

雄心壮志的酱香是陈年的腊肉

　　耐用之香。进入本质的分享

丰满的脊梁在李兴发思想的注视下

无边无际的语言

发生在北方，发生在东方，发生在郑州，发生在济南

用思想传递一个酱香之父的美好

表情在活动之上，酱香更习惯于穿过

　　整个身体的花纹或动词

冲刷

彻夜长谈的兴发思想，毫无芥蒂

融化彼此的冰，犁开所有的皱纹

皮肤的干净，昨夜的酱香

一次一次的冲刷，忘记舞动手臂

布满石头的诗歌，用酱父的思想冲刷

去山顶，去记忆的高速公路上

像面对一个柔情而溺亡在一种香里

年轮

叩开本质的哲学，酱香的内核

里面是平静，是香火旺盛的反复

想到了眷顾，一生照亮的神秘

延伸与阳光，不枯的高地

尽力涂染果实的窗子

止住脚步，一双老茧是李兴发的年轮

思想台，李兴发一生的高峰，矗立成酱香的宗教

思想之香

五线谱的身体涂满思想

选择酱香的礼物将情感延续

一半是拥抱，一半是诗歌

李兴发自此拥有了坚毅的前程

万卷书自是，诗集的叠加

而思想之香，清醒地营养后人

思想的暗示，栖息着彼岸的旗帜

滴答

回到姿势的狂欢，并排的高粱

只是习惯让酱香哄睡

一个人，仁怀李兴发的思想

他耕耘一生的早晨

　　　只让夜晚的风情以口号声溢出

已经无法保持的缄默

所有的晚餐是可查的痕迹

回不去的思想

在绵绵不尽的友情中，滴答

看到

高贵的思想，一种奔驰的风景

没有继续干枯的理由

只有翻页，让日子拥抱日子

无穷无尽的思想台

流淌香气四溢的理由与高粱香

看到世上的广袤，看到境界

　　不是记忆的槐花

看到酱香之父李兴发的双手

　　庆幸幸福的光阴与热烈

思想的诉说

高粱、小麦、赤水河的水，经李兴发大师思想发酵
便是日夜守望的神灵

一会儿居住于身体
一会儿居住于宫殿
　　成为至善、至爱
以及血液里流淌的分子

滔滔的思想
铸成一个民族精神的旗

天空与影响力，乐不思蜀的
　　广泛认可
思想有多远
　　就能走多远

青山、过程与宗教

思想拯救了青花瓷

往来于唐朝与宋朝之间

从行书到瘦金

从辉煌到更辉煌

思想的发明者

铸成一部史诗

建立一个国家

成就一个新时代

李兴发，用思想堆成一瓶酱酒

走出茅台镇

走进细胞

走进黑夜

走进每个餐桌

思想

一种永恒的青山、过程与宗教

个人的思想

李兴发一辈子喝茅台

李兴发家里没有茅台

李兴发在家自己勾兑的美酒

尝过的人都以为是茅台

李兴发笑而不语

一辈子钻研酱酒的香醇美味

不断创造美好献给世人

但是

总有东西是只想留给自己的

有些东西属于茅台

连李兴发自己也是茅台的

有些东西只属于自己

比如自己喝的酒

比如个人的思想

无法遗忘

为黔北高山上消失的三百梯

成为一个隐喻

那是大师李兴发的故乡

来访的人站在残留的几节阶梯前

对几棵草产生绵绵情思

来访的人感到苍茫

远处的山

近处的水

有太多故事没有说出来

有太多人已经被遗忘

山间送酒的大车呼啸而过

证明大师没有被抛弃

人们没有时间为大师招魂

人们都知道大师的名字

多亏大师智慧遗下恩泽

人们如今在此热热闹闹讨生活

勾兑

熟悉的陌生的

激情碰撞的记忆碎片

情感被高度激发

像跳舞一样充满魅力的节奏

标准、协调、精准、智能

勾兑是科学的

独特的美学

生成和解体的交换

味蕾的享受无以复加

　　感官的演绎在口中

壮丽的风景在眼前

沉浮中闪现一点鲜活

终极美味是老狐狸的尾巴

只有李兴发这样的

经验老到的"猎人"才能摸得到

出发

父辈把沉默交到年轻人手里

如果非要成就什么

那一定是天地和生命的召唤

要么就是历史和生活的恩赐

黔北深山里的甘苦日子

蔓延开来的春风秋雨

山野怀抱的

天人合一了

李兴发从这里出发

寻找美酒的奥秘

李兴发在这里到达

挖到酱香的宝藏

茅台精灵

茅台镇的山

真是要比天还高

茅台镇的赤水河

确定比山路要长

这个地方一旦烟雨蒙蒙就热闹非凡

太阳火辣辣的时候静悄悄

有精灵在发酵

高山深谷有秘密

总是在某一天

指不定是晴是雨

酒浆如暴雨倾泻

芬芳扑鼻而来

精灵结伴飞舞

李兴发是见过精灵的人

在赤水河畔挑水时

在高粱地里帮工时

在茅台镇酒家深巷子里

在茅台酒厂大门前

人比山高

日子比路还长

高山深谷有秘密

精灵是劳动的果实

有客来访

李兴发老师屹立在风里

像熔铸的塑像

一双双手迎面而来

他那双布鞋子

比他本人轻快，先迎上来

泛白蓝衣袖子里

布满了皱褶的双手也伸出来

接住一双双手

人们想听他说话

他说话口气稳得像是山

搭配那副只有一个故事的老脸庞

到访的个个都是远道而来

没有人递烟

没有人敬酒

有人端来清茶一大碗

朝圣者纷至沓来

每个人心里一遍遍扬起灰尘

接待者孑然一身

此时此地

是只属于一个人的

心灵归属地

难以抵挡

美酒在我眼中的神秘

是比美女更神秘的意义

夺走我的双眼我也能够看见

霸占我的耳朵我也能听得着

我甚至没有一双像样的鞋子

穿上去见你

见到了你我应该伸出手臂吗

美酒是成熟女人的世故和才华

我不想仅仅在黑暗中等待回应

我要日夜不停地追逐

你的松软和广袤确实让人难以抵挡

脆弱的　隐秘的　臣服

尽情的　宽容的　解脱

你这个秘密让我难以自持

小屋

李兴发常常把自己关在小屋

小屋一无所有

小屋应有尽有

空无一人的黑夜

漫无边际的狂想

饥肠辘辘无法踩踏意志

酷暑寒冬接管不了这里

火把鞭炮驱赶走成群的魔

道路盘根错节

记号环环相扣

保护飞快的心算

绚烂和谐的交响曲

清风偶尔拜访

月光绝不侵扰

深夜小屋里

有志得意满的征服

有宛若重生的面貌

土地的治愈

酱酒的力量是土地的治愈

生存的困厄

贫穷的纠缠

只有土地的活力

　　繁荣人们的依赖

土地的慷慨直白

耕耘追赶收获

孕育迎接改造

酱香之美源于土地

土地的蕴藏而收敛

土地的肆意而张扬

李兴发珍惜土地的劳作

李兴发一生升华土地的收获

人们的精神被土地喂饱

只有土地能够治愈人类

美酒的饱满

七月

贵州的阴雨一会儿停了一会儿急

在深山里古老的小镇

他从孩童一晃进入老年

他烤酒　他品酒　他勾兑　他珍藏美味

短暂的一生

点点滴滴地来到

漫长的一生

最后都压缩到一壶酒里

清泉经受炙烤

粮食挨着蒸发

大雨淋漓出好酒

酱酒的思想

难得太阳露脸也出好酒

当他写到出好酒的经验

他真实地表示了犹疑

美酒是饱满的神

为的是填满世间的空虚

酒的温度

茅台酒的温度

和记忆中茅台镇的酒街酒巷一样鲜活

缝补衣服的铺子里酒香跟随着针孔纳线

修表铺的台子上酒香跟随着秒针震动

酒香被家具店的木屑吸收

酒香被婆婆擀进了清晨的面条

如今茅台酒香还未断呢

人们依旧干着同样的事情

从双手里吸收生活的温度

从双脚上踩踏命运的颠簸

日作夜休

日日如常

一代又一代的给养

酒香氤氲

新的气息

新的思考

新的向往

茅台小镇永远鲜活

酒的温度为你而生

酒匠

不辜负一粒粮食的饱满

回归一条河流哺育的初心

琼浆玉液快节奏地流出来

酒匠的美酒经年累月沉睡在窖池

为利的众人浮躁惶恐

为名的尘世熙熙攘攘

人们心里长满了草

酒匠每日也忙

年久月深

心手合一

静守岁月

唯有羡慕

酒匠的酒池澄澈清明

每日也闲慢也奢侈

惊艳

师父

为我选择一件事

让我终了我的一生

师父

请用我的前半生打磨岁月

请原谅我后半生惊艳时光

师父

我用什么为你传承正名

利欲

俗念

欲望

生生不息

师父

一杯美酒

匠艺之幸

师徒

天地君亲师

传道授业解惑

尊师　礼数　规矩　处世

心口相授的永恒

绵延在血脉里的奔流

生命中了不起的心念

匠人　器物　人生　自然

在天地行走

敬畏撞击着灵魂

回归初心的璀璨光华

薪火相传

一个人见到了自己

一个人见到了天地

酿造

坛坛罐罐的器物相守

以它们岁月斑驳的符号

日日进行着新的表达

奏响朴实无华的高妙乐章

大国礼数的基因

世人敬畏拱手膜拜

雕琢岁月的骨血

抚摸生命的感官

双手面对万里挑一

毫厘解释精益求精

无限探索的生命扩张着

水与火一路携手耕作不息

跨越时间的维度

与太阳和风和土地热情对话

物欲横流之中沉静的湖水

一生的骄傲和珍贵

直击人心的静美

在寂寞的月光下行色匆匆

有温度的双手触摸着遥远的历史

挽着自然的手

在天地行走

保护酿造一杯美酒的技艺

以技养身

以心养技

以赤诚之心传承"勾兑"技艺

眼里，手里，心里，骨血中的

灼热的生命

宁静，打磨，粗粝，定格住的

岁月中独一无二的灵魂

自知敬畏和传承

人总该做点什么

请为无用之用驻足

请对无用的事发问

请为无用的物擦拭尘土

面前是直击人心的静美

人可以什么都不用做

"12987"

茅台酒的酿造工艺

总结为"12987"工艺

1 年时间

2 次投粮

9 次蒸煮

8 次发酵

7 次取酒

甜、酸、苦、辛、咸、涩

沉淀时光的力量

几十年匠心追寻

一壶酱酒

品尝一方山水

一壶酱酒

喝出一个家乡

酒乡

是高粱香糯的诱惑

是时令节气的讲究

是美酒河的潺潺相伴

山路蜿蜒处的蒙蒙细雨

小镇怀抱里的草木长青

更替着茅台酱酒的圆满

酒匠李兴发的杯子磕碰着婉转的音

比山谷的鸟鸣要亘古悠长

醇厚的酱酒铺垫山里人的厚道

绵柔的酱酒融化山里人柔软的心肠

当炊烟在晨光里苏醒

乡间田野篱笆间

悠悠而上的

是诗意瓦棱边飘起的酒香

味蕾传递自然的味道

　人间有酒是清欢

经世之美

我不羡慕金碧辉煌的钟鸣鼎食

我独爱雅素至美　清欢至味

酱酒一杯

高粱米优雅而精细的趣味

难得赤水河倒映的白云朵朵

四周连绵的青峰拥抱我

呼应一碧万顷的心情

我沉醉爽心悦目的风骨

　　　美人的衣裳释放的国色天香

日常的冗杂消解了

人们将饮食之礼从包裹中取出

集会宴饮

杯盏交错

琳琅满目的委婉

　　酱酒执意的经世之美

比生命要更加自然钟爱

比明日加倍去细嚼生活

酒的遐想

镇子也憧憬雨过天晴
酒窖的眼睛和想象

透过陪伴酒的匠人
去看一眼被偏爱的晴色

简单生活的欢愉
在酿酒房一方小天地

季节流转的天然光色
补充了生活的质感

酒是时光的印记
从眼前的一饭一食
遐想到天地之外去

我与美酒结合

我勾兑美酒不是为了自我沉醉

　　我为人们的欢笑添喜

　　我是一个有感情和理性的人

有些人聪明却缺少感情

有些人感情丰富却横冲直撞

我了解美酒的诡计

我装作很愚蠢

我要思想我要听

我最终与美酒结合

美酒让多少人堕落

我用美酒重新拯救人们的生活

名字

空气、水和土地

谁的风华涂抹岁月

天光云影洒落

一碗酒一碗茶

静卧在山头的夕阳震撼

光亮如镜的酒坛子沧桑

亲手触摸颗粒与细腻

变"水"为金的巅峰

精雕细琢的案头

美酒像艺术藏品列席

风吹雨打日晒后自然的包浆

斑驳岁月的痕迹

穿越时间的豪迈

与苍生对话

不能丢失工匠的名字!

洁净的勾酒器皿

我从洁净的勾酒器皿中

找到精灵们的踪影

清洁的气场烘托着辉耀

方寸之间有万象

咫尺之内有宽容

经典总是深谙时间的考验

请看她们自如自在的风韵

昭示着自然美的圆边

是热爱积淀的卓然

日日抚摸一抹清洁

是时光带不走的贴心

缭绕沁人的滋养

　　生活片刻的低调

斑驳沧桑剥光我光亮的皮壳

见证了人与天地之间的情愫

用心养护一个大自然给的孩子

依然思想台

中国文化

酱酒表达

向文化发问

向时代发问

茅台的高级、灵性和密码

触摸与探索

站在高山上的舞台

聆听千万人的欢呼

人们收获眩晕与暖意

从远方赶来

幸福也在

清澈的希望

忘记了归途

回归到最干净处

皆是欢喜与光亮

把消失的大师悉数寻回

时代的暴利

仿佛开了一个大大的玩笑

大师荟萃

大师凋零

时代的轨迹画出大师的来去

不要抗拒什么

把消失的大师悉数寻回

大师的思想一定还在

一定是另一种表达和书写

重新唤醒大师的力量

骨子里的高级

时刻感受的

源于师法自然的感受

融于逍遥的自在

质优价美的精神

心动的酒香

是心动的味道

酒香长巷里

藏着他的儿时记忆

正当时令的

碾磨揉捻后的

温柔的自然气息

一口轻尝，仿若心动

细啜慢品，如坠温柔乡

几杯下肚，便治愈尘世疲乏

将四季的时光

藏进酱香

是纯粹的唇齿间的苏醒

是花草缠绵交织灵动

浓烈的酒香刺激味蕾

温柔的酱香留在心间

把思想台喝进肚子里

一口酱香

一口黔北

一口春秋

时光展开缝隙

酒香的音符已经跃动起来

阳光下似有精灵飞舞

拂去了心上尘埃

万物酝酿了心的荡涤

李兴发的酱酒会发芽

轻轻一嗅

是思想的浓郁

喝李兴发勾调的酱酒一杯

滋补与醇厚就此升腾

大抵可吞下整个茅台镇

小麦、高粱和水

小麦、高粱和水

挨过漫长、炽烈、干燥的思想

　　少见的热烈阳光

似是被精心计算过

酝酿已久的积累完成

达到黄金平衡

齿间流窜的翻搅

念念不忘的堆积

千万个密码顺势流出

锤炼带来滋养

刚好迎接久违的呼吸

严峻的环境孕育诚恳的果实

酱香之美

酱香之美

惊艳千年的传统滋味

是时候回归生活了

寻找酱香

寻回我们遗失的美好

连清晨的白粥都有它的颜色

庄美地晕染它的专属色彩

遐想不已的花鸟与月光

拨云见日后与疑惑重逢

浓烈大胆孕育的日升月落

吟咏而出的春夏秋冬

酱酒的思想

对天地的敬畏之心

是思想折射出的余光交织

被磨损的春耕夏耨

隐藏的万物轮回的深沉

秋收冬藏中的流连穿梭

捕捉草木鱼虫的风雅

融于山川日月的诗意

一天开始

一天终结

静谧的夜空

藏着不被酱香浸染的切口

等待发现

用心

亲启小酌多年前的老酒

旧时光镀在酒杯边缘

山野醇柔端到鼻尖

激情流动回荡周身

直教人嫣然入梦

直教人忘不掉旧时光

添几许心仪

毫无征兆的回甘

沦陷了

思想磅礴的存在

释然了

总是被偏爱的光阴

一点余味姿态万千

自有春秋风雅

皆是意味深长的用心

怦然酱香

一抹酱香

摇碎了谁的酣梦

一身沾染

心旌摇曳年华

成熟如雨飘落

芳菲涟漪荡开

思想台的秘密

怦然的酱香

青涩的小麦不惹尘埃

盈盈的赤水河纯然清净

映照着世间万物的呼吸与变幻

期待着一场心动的降临

童年

心绪清澈的暗香

静默的微生菌有娇羞的脸庞

深深浅浅蔓延着密密的涩

酒窖不慌不忙地生发着

燥热肆无忌惮地旋转起舞着

泼水的酒工汗水打湿了温柔

撩拨起心头的雀跃与惊喜

抬起头来

远远地

仿佛又回到了童年的院落

俊逸少年手捧上天的馈赠

屁颠颠端着去交给母亲

童年是思想的源头

而一生的延续，是思想不绝的流淌

路过三百梯的担酒工

大街小巷丝丝缕缕的萦绕

沁人的酒香悄然停驻

记忆在暗香疏影里

故事萌芽的时刻

心间那根弦颤动着

恰似人生里最美好的初见

谁能逃过那一场不动声色的惊天动地

于是威严的触碰

味蕾已被勾引

捧起来

清香沁人心脾

不杂染任何尘埃

好似把整个身心都涤荡了一遍

似失了魂

远远地也要跟着

沉沦在香味里

人生七十年

生命中最深刻的眷恋

酱酒的情话

酱酒的情话

永远高级

把拳拳爱意端在嘴边

注释烦冗劳碌的生活

难以言表的动容

为爱而生的高级誓言

用粮食的高洁

写一首爱情诗

令人暗自欢喜的

令人挪不开眼的

期待的萦绕

简单是圆满的代名词

地平线锚定不动的原点

尝酒杯是桃花源的钥匙

走走停停

在寻找什么的脚步

最原始的触动

人生的路渐行渐清晰

前人的名字就是碑

热爱是最大的内驱力

埋藏在心底的火种

再辛苦也愿意笑着去耕耘

燃烧心中那团火

以抵抗岁月漫长

随身携带的是尝酒的杯子

酱酒的思想

尝酒的杯子是桃花源的钥匙

在灰烬中寻找答案

被忽略的、被遮蔽的

淹没在历史洪流中

　　命运的河流自然抵达

触动灵魂深处的灵感

简单而又纯粹的热爱

唯有热爱不断在升温

一粒麦子

活在缝隙之中的一粒麦子

一定要站在自己所热爱的土地上

埋藏在心底的一株壮苗

只能是被颗颗打磨的珍珠

穿成漂亮的项链

痛苦与欢畅之间

游荡着

漂浮着

离心中的热爱有多远

走在通往热爱的路

苦苦地寻觅中

陷入漫长而无声的挣扎

缚住的双翼

被执着沾湿

平静下的暗涌与冲突

沉浸在热爱的世界里

　一切终将汇合

在上升中一切终将汇合

请来一群少女端午踩曲

青涩的少女花样百出

汇聚原汁原味的欢宴

端午踩曲

独树一帜

少女的体力活儿

祥瑞神兽护佑端阳安康

曲蚊多侵扰

揭开仲夏一层一层的谜底

衣食住行

飞舞的裙摆

描画真龙降恶的图腾

降恶的真龙和雄狮

　神兽最亲近少女

李兴发从热腾腾的雾中走出来

李兴发总是

手拎着一壶酒

从热腾腾的雾中走出来

不被干扰

不急躁

化繁为简

一尊诗意之美的佛

静心取味

观感放大

任水与火的鼎沸

成其本真的样貌和味道

沉静却不空寂

尽力接近粮食本色

体验这壶酒的耐心与眼光

迷人的气质

休憩与美好

精准的火候、口感和特色

静默无言的张扬

出水宛如一条优美的流畅

酱酒奇香

在李兴发的深呼吸里

满室浓郁鲜灵和洁润

是酱酒的香气

再深呼吸

是小麦和高粱的香气

顺应时节的还没推到跟前

奇香沁人心脾

整个世界被牢牢锁住

人们忠实拥护

顶着高温炙烤猛烈吐香的食粮

人们疯狂共情

作息被酒香颠倒的酒匠

酱酒的思想

芳香被锁进酒中

让酒香透过手掌弥散

经久不散的

细嘬一口

顿感澄澈

给酒匠新一日的关怀

选择一个事业走到了白头

中国"酱香之父"李兴发

一代大师的回眸

精湛的技艺为人生涂上绚烂的底色

不囿于名利

持之以恒

久久为功

匠心见初心

他在杯瓶之间燃烧生命激情

点亮无数人味蕾的光明

他在不凡人生中真诚行走

无数次叩响神秘茅台的大门

贯穿于他生命和酒香的

　　热血与良知的搬运

是人的本色与个性

七十年人生路须臾不离

选择一个事业走到了白头

盛会

李兴发伫立着

是一场浩大的激进中

一座匠心至美的坚定顽石

他用时间雕琢时间

偏执铸就的惊为天人

流动的酒香环绕着动听鲜活的旋律

甘愿将一生的时间付诸的美酒信仰

一路承载荣誉前行的巨人

心有丘壑的弈者

根植土地

放眼天空

生生不息的力量

任重而道远的漫漫求索

几十年如一日精耕不辍的

栩栩如生的美好秩序

沉浸其中的灵魂

是生命力与情感的美好盛会

灵魂的芳香

陌生却新鲜的芳香从古书中走来

从汉，从唐，从大宋的园中

无法解释的气息或文物

芳香的掠过如此清晰

从贵州，从遥远，从体内

一直流传着思想与食粮

　　　在人间

思想的荣耀

筑好的宫殿。花开了

风一直劲刮而不倒的美学

一种丰满的阳光

一生的太阳

从思想深处、《诗经》中缓缓而来

从汉，至中华盛世的新时代

新思想，新征程，荣耀是如此

深深的土壤

结　语

他从满目疮痍的旧中国走过来，童年的苦难和惊险，历练了他坚韧不拔的性格。他一生扑在茅台酒酿制工艺的研究上，针对茅台酒质量的不稳定，进行千百次的反复实验，终于寻找到了白酒勾兑的规律。是他率先提出了茅台酒香型划分的理论依据，成为白酒香型划分的鼻祖，人们称他为"酱香之父"，这是他用无限忠于国酒茅台的心和血换来的。他被评为白酒界的高级酿酒工程师，中国食品协会酱香酒顾问。他的石雕像由茅台酒厂集团高高竖立在中国酒文化城的现代馆内，供人们景仰。眼下，中国社会正处于极为特殊的历史转折期。重温李兴发思想，了解李兴发的一生，不仅是要了解酱酒的历史，更是要向李兴发学习。李兴发的思想，足以指引我们如何获得安宁的一生。

李兴发 1952 年 8 月进茅台酒厂，1955 年加入中国共产党，1952 年至 1956 年在茅酒厂当工人，1956 年至 1987 年，32 年间分别任茅台酒厂副厂长兼总工程师、党委委员、常委。1987年至1997年，任贵州茅台酒厂技术顾问（副厅级），高级工程师，1987年至1992年为贵州省第六届政协委员。1997年1月至1998年5月任中国贵州茅台酒厂有限责任公司董事，技术顾问（副厅级）。

长年累月的辛劳，夜以继日的工作，使他积劳成疾。在身体已垮架了，只剩一口气的弥留之际，他都没有忘记过对茅台酒发展情况的询问和关心。

2000年8月13日，李兴发永远地离开了他最挚爱的茅台酒。他对茅台酒的历史性贡献及其伟大的人格魅力和崇高的精神品质，将永远激励和鼓舞着一代又一代国酒人前行。